UN JOUR VIENDRA
COULEUR D'ORANGE

DU MÊME AUTEUR

L'Écrivain de la famille, Lattès, 2011 (Le Livre de Poche, 2012).
La Liste de mes envies, Lattès, 2012 (Le Livre de Poche, 2013).
La première chose qu'on regarde, Lattès, 2013 (Le Livre de Poche, 2014).
On ne voyait que le bonheur, Lattès, 2014 (Le Livre de Poche, 2015).
Les Quatre Saisons de l'été, Lattès, 2015 (Le Livre de Poche, 2016).
Danser au bord de l'abîme, Lattès, 2017 (Le Livre de Poche, 2018).
La femme qui ne vieillissait pas, Lattès, 2018 (Le Livre de Poche, 2019).
Mon Père, Lattès, 2019 (Le Livre de Poche, 2020).

GRÉGOIRE DELACOURT

UN JOUR VIENDRA
COULEUR D'ORANGE

roman

BERNARD GRASSET
PARIS

Illustration de la bande : © Virginie Berthermet

ISBN 978-2-246-82491-6

Tous droits de traduction, de reproduction
et d'adaptation réservés pour tous pays.

© Éditions Grasset & Fasquelle, 2020.

Pour Dana,
mon Elsa à moi

« J'écris parce que quelque chose ne va pas. »

Jean D'ORMESSON

Jaune

Il faisait encore nuit lorsqu'ils sont partis. Les pleins phares de la voiture élaguaient l'obscurité avant d'éclabousser de jaune, pour un instant, les murs des dernières maisons du village, puis tout replongeait dans les ténèbres. Ils étaient six, serrés, presque coincés, dans le Kangoo qui roulait à faible allure. Ils portaient des bonnets comme des casques de tankistes, des gants épais, des manteaux lourds – la nuit était froide. L'aube encore loin. Ils avaient des têtes fatiguées de mauvais garçons, même les deux femmes qui les accompagnaient. Ils ne se parlaient pas mais souriaient déjà, unis dans une même carcasse, un entrelacs de corps perclus de colères et de peurs. Une même chair prête au combat, parée aux blessures puisqu'il n'est de vie qui ne s'abreuve de sang. C'était leur première fois. De l'autoradio montait *Le Sud*, la chanson de Nino Ferrer. S'est suicidé ce type-là, a dit l'un d'eux. Une toile de Van Gogh, la touffeur d'un treize août, des chênes rabougris, deux érables, un églantier, un champ de blé moissonné en surplomb du Quercy blanc, les stridulations des cigales et soudain, une déchirure. Un coup de feu. Puis le silence. Silence de plomb. La chevrotine pénètre le cœur et le corps du chanteur s'effondre. Dans la voiture, personne ne chantait le refrain de la chanson qui promettait un été de plus d'un million d'années. Ils avaient soudain des mines graves. Le conducteur a coupé la radio. Dix minutes plus tard, le Kangoo s'est arrêté au rond-point, en travers de la départementale déserte. Les six passagers en sont descendus. Les corps étaient lourds. Ils ont sorti le brasero du coffre à la lueur des lampes de poche. Les filets de petit bois. Les Thermos de café. Les sacs de boustifaille. Ils ont caché la bouteille de cognac et les grands couteaux. J'aurais quand même dû prendre le riflard, a regretté l'un d'eux. On va quand même pas tirer les premiers, a commenté un autre. Et on a ri d'un rire sans gloire. Ils se savaient des chasseurs qui finiraient tôt ou tard à leur tour par être pourchassés. En attendant, il fallait tenir. Quand le barrage a été installé, ils ont bu un coup. Ils ont cherché des mots qui réchauffaient. C'est de leur faute, faut arrêter de nous prendre pour des cons, a pesté Tony, un trapu ombrageux. Origine italienne, précisait-il, j'ai dans les veines le même sang que Garibaldi. Le feu éclairait la nuit et les visages dévorés. La hargne assombrissait les regards. Les peaux se fanaient. Les doigts tremblaient. Quand une première voiture est apparue au loin, ils se sont levés comme un seul homme. Ils ont eu un peu peur, forcément. Mais la peur appelle aussi le courage. Le courage entraîne l'espoir. Et l'espoir fait battre les cœurs. Prendre les armes. On veut juste une vie juste, avait réclamé Pierre, et ils avaient tous été d'accord. Ils avaient même fabriqué une banderole avec ces mots qu'ils avaient trouvés chantants sans savoir que dans cette vie juste que réclamait Pierre, il y avait tout le poids de ses chagrins, de ses défaites de père, ses abandons d'époux, ses colères. Tous les cœurs ne dansent pas les mêmes querelles. Allez, on demande pas la lune. Juste un bout, avait-il ajouté. Et les autres avaient ri. Les corps ont revêtu des gilets jaune fluorescent. Ont pris position sur la chaussée. La voiture était à moins de trois cents mètres maintenant. Une des deux femmes s'est allongée sur l'asphalte gelé. Quelqu'un a lâché, eh Julie, n'exagère pas quand même, et Julie, avec une fierté de louve, a répondu ben qu'ils m'écrasent, tiens, on verra le chaos que ça sera. Deux cents mètres. C'était la première menace. Le baptême du feu. La voiture lançait des appels de phares qui ressemblaient à des insultes. Mais à mesure qu'elle approchait, ils devinaient la fourgonnette sombre d'Élias le boulanger, et les appels de phares sont alors apparus dans des cris de joie. J'ai bien pensé que vous seriez là, les gars, c'est le meilleur endroit pour tout bloquer. Voilà ma première fournée. Baguettes tradition. Viennoises. Pain complet. Seigle. Maïs, bien cuit comme tu l'aimes, a-t-il précisé à Julie qui se relevait. Et, la crème de la crème les amis, cent croissants beurre. Encore chauds. Dans quelques heures, loin d'ici, à Paris, les murs parleront des brioches de

Marie-Antoinette. Des rêveurs enragés tenteront de prendre l'Élysée comme on prend son destin en main. Des pavés voleront comme tombent des cadavres d'oiseaux. Il exhalera déjà une odeur d'insurrection. Un parfum de muguet en novembre. Je peux pas rester avec vous, a ajouté Élias, penaud, mais si vous avez besoin de quoi que ce soit, vous appelez. La pleutrerie fait les lâchetés généreuses. Lorsqu'il est reparti, on l'a applaudi. Les croissants fondaient dans la bouche. C'était un beurre au goût d'enfance. Au goût d'avant. Quand le monde s'arrêtait au village voisin. À la coopérative. Ou à la grande ville. Quand le bureau de poste était encore ouvert. Quand l'assureur venait à la maison. Et le docteur. Quand le bus passait deux fois par jour et que le chauffeur, parce que vous marchiez le long des champs ou que les nuages menaçaient, stoppait ailleurs qu'à l'arrêt. Le temps où le monde avait la taille d'un jardin. La nuit tirait maintenant à sa fin. Le ciel se marbrait de cuivre. Les six gilets jaunes ressemblaient à des flammes qui dansent. Des lucioles d'ambre. Il y a toujours quelque chose de joyeux à partir au combat. En ce troisième samedi de novembre, le jour s'est levé à 8 h 05. Vers 8 h 30 sont arrivées les premières voitures qui se dirigeaient vers la ville. Une ou deux vers les plages du Nord. Le temps du week-end. Vers des maisons froides qui sentent le feu ancien, le sel humide, les photos moisies. On les a arrêtées. On a offert des croissants aux conducteurs. Aux passagers. Certains descendaient, se réchauffaient au brasero. Ça discutait. Ça s'emportait souvent. Mais tout le monde s'accordait à dire que la nouvelle taxe de six centimes et demi sur le gasoil c'était du vol. La négation de nos vies. Encore un mensonge. Faut se battre. C'est ce qu'on fait, mon gars, a dit Jeannot, un grand échalas pâle, c'est ce qu'on fait, mais en douceur. Ça existe la douceur, ça a son mot à dire. Peut-être, a repris le gars, mais les 80 kilomètres-heure ça aussi c'est une immense connerie. Déjà qu'à 90, on n'arrive pas à doubler les camions. Y veulent quoi ces connards ? Ces bobos. Parisiens. Planqués. Les mots pétaradaient. Tout y est passé. Branleurs de politiciens. Petits barons. Tout pour eux rien pour nous. Qu'on crève, c'est ça ? Qu'ils nous installent donc le métro, tiens. Qu'ils viennent vivre notre vie. Rien qu'une semaine. Tout ça, c'est pour faire cracher les radars, a crié l'un d'eux. Eh ben on va aller se les péter leurs radars, a proposé Pierre et tout le monde a été d'accord mais personne n'a osé bouger parce que chacun savait que c'est la première violence qui est la plus difficile. L'irréversible. Celle qui signe le début de la fin : après le premier coup, les fauves se lâchent. La chair des hommes devient champ de bataille. Alors personne n'a bougé. Des automobilistes ont abandonné leur voiture sur l'accotement enherbé pour rejoindre les autres. Ils ont revêtu leur gilet de luciole, ces bestioles qui brillent la nuit pour trouver leur partenaire et se reproduire. Ainsi les corps des laissés-pour-compte, des petits, des sans-dents, des fainéants et de « ceux qui ne sont rien » brillaient dans cette première aube afin de se reconnaître et de se reproduire par milliers. Dizaines, centaines de milliers. Dans quelques heures, les corps entremêlés de l'indignation feraient apparaître une méchante tache jaune sur le poumon de la République. Et rien ne serait jamais plus comme avant. Une voiture de la gendarmerie venait de s'arrêter à cent mètres de là. Aucun militaire n'en est sorti. Ils observaient. Ils connaissaient bien la théorie de l'étincelle. Du feu aux poudres. Ce qu'ils voyaient pour l'instant était bon enfant. Un petit déjeuner sur un rond-point. Une kermesse. Voilà que plus de cinquante automobiles étaient bloquées maintenant et des plus éloignées retentissaient des coups de Klaxon insistants, comme des râleries, des doigts d'honneur, mais quand une poignée de lucioles a remonté la file, le silence s'est fait aussitôt. On fouillait alors frénétiquement l'habitacle à la recherche de son gilet jaune. On s'empressait de l'étaler sur le tableau de bord. Regardez, les mecs, je suis avec vous. C'est dégueulasse ces taxes. Me faites pas de mal. Certains opéraient rapidement un demi-tour. S'enfuyaient. Une guerre, c'est choisir un camp, c'est se lever, et peu d'hommes ont les jambes solides. Quand il n'y a plus eu de croissants ni de pain, on a laissé passer les voitures. Une à une. On tentait un dernier échange avec le conducteur. On se promettait des luttes et des révoltes. Quelques têtes sur des piques. Sur la grande banderole, l'encre noire du slogan de Pierre brillait dans le soleil froid. « On veut juste une vie juste. » Plus tard, ça a été au tour d'un Cayenne de s'arrêter. Une voiture au nom

d'un bagne sinistre dans lequel, sur dix-sept mille for-
çats, dix mille ont trouvé la mort entre 1854 et 1867.
Dix mille morts sales. Véreuses. Une voiture qui représentait quatre virgule sept années de smic, et encore, si
on mettait tout son argent dans la caisse, mais il fallait
bien se loger, bien se nourrir, se vêtir, ensoleiller la vie
des enfants. Laisse, a dit Pierre à Julie. C'est pour moi.
Et Pierre s'est approché de la Porsche. Un gilet jaune
était posé sur le cuir fauve du luxueux tableau de bord.
Le conducteur était bel homme. Regard clair. Visage
doux. La cinquantaine. Assis à l'arrière, un garçon de
l'âge de son fils. L'enfant était occupé à sa tablette, il ne
percevait rien des éclats du mécontentement des
hommes. De l'air soufré. Pierre a fait signe à l'homme
de baisser sa vitre. Sa guerre venait de commencer.

Bleu

Dans chacune des chambres, le mur qui faisait face au lit était bleu. Un bleu azurin, presque pastel. Un ciel dans lequel on se cognait. Une immensité en trompe-l'œil. Une couleur d'eau fraîche qui possédait un effet calmant et faisait baisser la tension artérielle. On disait même que le bleu pouvait réduire la faim. Et ici, au cinquième étage, c'était de fin de vie dont on parlait. Ceux qui arrivaient avaient encore faim mais plus aucun appétit. Les bouches ne mordaient plus. Les doigts tricotaient le vide. Parfois, les yeux suppliaient. Les malades partaient mais voulaient rester encore. Alors on soulageait les corps, on nourrissait les âmes. Au commencement, avant de rejoindre le cinquième, Louise avait été infirmière au premier. En néonatologie. Elle avait choisi ce service après la naissance de son fils car l'accouchement avait été difficile. Presque une bagarre. Depuis, l'enfant n'avait jamais supporté qu'on le touche. Le contact de l'eau, le poids de l'eau l'avaient fait souffrir, tout comme certains vêtements sur sa peau, certaines matières, et il lui avait semblé qu'ici, elle pourrait se rattraper. Toucher. Caresser. Ressentir. Avoir enfin des mains de mère, des gestes millénaires, des tendresses insoupçonnées – même, par exemple, lorsqu'elle poserait une sonde gastrique dans un corps de la taille d'un gigot. Toutes ces années, elle avait aimé maintenir cet équilibre inconstant entre une promesse et une incertitude, veillé à garder hors de l'eau les visages violacés, les petits corps prématurés, jusqu'à les tendre un jour aux parents, leur dire ces deux mots qui font toujours pleurer parce qu'ils parlent d'un miracle. Il vivra. Mais aujourd'hui, Louise était assise dans une de ces chambres où le mur face au lit est bleu, un bleu azurin, presque pastel. Elle travaillait désormais à l'étage où l'on ne dit plus il vivra mais il s'en va. Dans le bleu. La couleur du ciel. Elle avait demandé à rejoindre le service car elle aimait l'idée qu'il y ait d'autres chemins. Je t'accompagne. Je vais là où tu vas. Avec chaque patient, elle goûtait une nouvelle forme d'amour. À chaque fois une victoire quand la peur s'évaporait. Quand la maladie n'était plus un combat mais le temps qui restait, une grâce. On pouvait gagner des guerres en se laissant tomber. Là, elle tenait dans sa paume la main de dentelle effilochée de Jeanne, Jeanne qui n'avait plus peur, qui ne pleurait plus, qui n'attendait plus ses deux grands fils qui auraient dû venir, qui avaient promis de venir, ce samedi, maman, on sera là samedi, car le médecin leur avait dit ne traînez pas si vous voulez un au revoir, on ne se remet pas d'un adieu raté, alors ils avaient juré samedi, on prendra la route tôt, ça roulera bien. Les deux grands fils qui ne sont pas venus. Et voici que les râles s'amenuisent, deviennent semblables à un chuintement de gaz, alors Louise a pour Jeanne des mots qui sont ceux d'une fille et d'une sœur, les mots d'une mère, d'une amante. La scopolamine et la morphine avaient œuvré dans le silence du corps évidé. Jeanne ne souffrait pas. Jeanne s'en allait doucement. La faim avait disparu, le feu s'éteignait tandis que ses deux grands fils étaient bloqués au péage de Fleury-en-Bière, au milieu des manifestants en liesse, dans la vague mimosa, les chansons à fond dans les bagnoles, les odeurs de graillon. Une frairie. Une sauvagerie en laisse. Au même moment, dans le hall de l'hôpital, les images tournaient en boucle sur les deux grands écrans de télévision. On parlait de plus de deux cent quatre-vingt mille manifestants. Deux cents blessés. Peut-être quatre cents. C'était flou. Des policiers aussi. Des états graves. Des interpellations. Des gardes à vue. Les commentateurs s'en donnaient à cœur joie. Gilets jaunes, verts de rage, colères noires. Des stations-service, des supermarchés, des péages étaient bloqués. Il y aurait deux mille manifestations à travers la France. Sur certains ronds-points, des flics sortaient les matraques. La rage se traite à coups de tatanes. Dégagez. Dégagez. À l'hôpital, certains visiteurs commentaient les images d'actualité à voix basse. On ne sait jamais ce que pense le voisin. D'autres tentaient de calmer les enfants qui criaient. Qui exigeaient un Coca. Qui ne voulaient pas voir pépé. Sa bouche sent mauvais. C'est dégueu. D'autres encore fumaient devant la large porte vitrée de l'entrée, en aspirant de longues bouffées d'asphyxiés, avant de s'en retourner, le regard égaré, voir leur proche en train de crever d'un carcinome thymique ou d'un mésothéliome et de maugréer contre ces saloperies de maladies. Au Pont-de-Beauvoisin, en Savoie, une femme de 63 ans était morte tout à l'heure, percutée par une automobiliste prise de panique face aux gilets jaunes – le premier cadavre de la guerre qui se livrait ici. Au même moment, au cinquième étage de l'hôpital Thomazeau, venait de mourir Jeanne, 74 ans, d'un adénocarcinome et, deux chambres plus loin, Maurice, 82 ans, des suites d'une maladie de Charcot. Jeanne était restée avec Louise, et Jeanne avait eu froid. Maurice était entouré des siens. On avait dit dans le bureau des infirmières qu'il était parti en souriant. La famille semblait contente. Ils avaient remercié tout le service des soins palliatifs. Promis d'envoyer des fleurs. À Paris, la situation restait tendue aux abords de l'Élysée. Mille deux cents personnes étaient toujours regroupées dans le secteur de la Concorde. Louise est rentrée chez elle. C'était un samedi comme un autre. Le jour des familles. Du bordel dans les couloirs. Des chiottes sales. Elle allait retrouver son mari qu'elle n'avait pas vu ce matin, cinq de ses vieux potes étaient venus le chercher vers 4 heures pour aller bloquer un rond-point sur la départementale. Elle lui avait laissé deux Thermos de café sur la table de la cuisine. Du café noir, presque indigeste, comme l'humeur de Pierre depuis bien longtemps. Elle allait surtout retrouver son fils. Celui qu'elle avait trop peu serré dans ses bras. Celui qui lui avait coûté la chaleur de son homme.

Rouge

Comme elle l'avait aimé, son homme. Elle l'avait même appelé mon homme pendant un temps, à cause des chansons de Piaf qu'écoutait sa mère, ces ritournelles du temps où l'on adorait que les gars sentent le cuir, le sable chaud, qu'ils nous rendent infâmes, qu'ils soient un peu voyous, grandes gueules et princes à la fois. Le monde avait changé. Aujourd'hui, les mots donnaient dans le prudent, le méfiant même, mais ça n'empêchait pas les fureurs dans l'intimité, les reparties crues, les corps déchiquetés. Dans ce siècle qui avait à peine l'âge d'un enfant, elle avait rencontré Pierre exactement comme dans une chanson de la môme, parmi la foule qui emporte, et elle revoyait la ville en fête et en délire ce 21 avril, quand la tête du borgne était apparue sur l'écran à 20 heures, le roi du slogan haineux – la « fournée » de Bruel, « Durafour crématoire », « le sidaïque est un espèce de lépreux », les chambres à gaz « un détail » – NI OUBLI NI PARDON, JAMAIS –, et seulement 194 600 voix d'écart avec Jospin ce soir-là, à peine l'équivalent de la population du Havre, décidément le chaos n'est jamais bien loin, alors, dans le café où ils suivaient tous le résultat du premier tour, effarés, écœurés, dans la musique et les cris qui éclataient, criaient vengeance, rebondissaient autour d'elle, la foule l'avait jetée dans les bras de Pierre, leurs corps s'étaient écrasés l'un contre l'autre, la horde les avait enlacés, ils s'étaient envolés et, comme avant un départ au combat, sur un quai de gare enfumé, dans la scène triste d'un film, Louise l'avait embrassé et le baiser de fête était aussitôt devenu un baiser de désir, une brûlure au milieu de la bousculade. Une urgence. Ce n'est qu'à l'aube, les corps éreintés, salés, dépouillés, qu'ils s'étaient échangé leurs prénoms comme on échange des alliances. Et puis il avait fallu ravaler sa fierté. Laver sa langue au gant de crin. Même s'il avait engrangé 720 319 voix de plus qu'au premier tour, le menhir avait été explosé au deuxième et le grand Jacques avait repris les choses en main, une bière dans l'une, la croupe d'une bonne génisse, porte de Versailles, dans l'autre. Et tout était redevenu comme avant. On n'avait pas soupçonné la colère. Pas auguré les chagrins. On l'avait juste échappé belle. On n'avait rien vu. Alors dix-sept ans plus tard, la détresse avait revêtu des gilets jaune fluo. On l'apercevait désormais de loin. De jour comme de nuit. Entre Louise et Pierre, l'urgence était restée entière, palpitante, incessante jusqu'à la naissance de Geoffroy. Jusqu'au silence de Geoffroy. Jusqu'aux crises de Geoffroy lorsque l'un ou l'autre essayait de le prendre dans ses bras. De caresser sa peau. De faire connaissance. Jusqu'aux balancements sans fin de Geoffroy. Geoffroy qui fait l'oiseau. Qui tape sa tête contre les murs. Qui couvre de ses mains ses oreilles parce qu'il y a trop de bruit. Geoffroy. Cette étrangeté. Un bébé, et personne dedans. Alors Pierre s'était éloigné. Lentement. Presque malgré lui. Une dégringolade d'homme. Comme souvent la peur. Le dégoût. Une forme de honte ancienne. L'enfant les consumait. L'absence de rire dans la maison leur faisait le teint cendreux, le regard triste. Geoffroy était un feu qui ne chauffait pas. Leurs brûlures d'amants cicatrisaient. Leurs peaux devenaient un cuir. Les rares fois où ils faisaient l'amour, leurs corps s'entrechoquaient, ils se blessaient. Leurs sangs ne dansaient plus. À l'usine, avant le grand licenciement, Pierre avait demandé à faire des heures supplémentaires, pour rentrer tard, pour ne plus rentrer, pour traîner, refaire le monde sur les parkings avec les potes, et peloter Julie de temps en temps, dans la voiture. Dans le froid. Dans le chagrin. Julie bonne pâte consolait les hommes. Et Louise avait repris son travail à Thomazeau, au premier étage. Elle caressait la peau des autres enfants. Elle chantait des douceurs en posant parfois sur les corps minuscules trois électrodes reliées à un cardioscope ou en nettoyant les plis d'un bébé quand il était en incubateur. De temps en temps, elle pleurait. De temps en temps, elle s'effondrait. Puis elle rentrait, récupérait Geoffroy chez la nounou, une mamie charmante, patiente. Elle préparait le repas, donnait la soupe, racontait les couleurs – la soupe, verte, petits pois, brocolis, carottes, elles sont orange c'est vrai, mais le vert domine, la purée, tu vois, c'est jaune, jaune comme le soleil, les tournesols et le beurre, et le rouge, les fraises, les cerises, les petits cœurs qu'on dessine –, et l'enfant sans personne dedans regardait sa mère comme on regarde du rien, du vide, le bleu du ciel. Là-bas, au rond-point, l'homme a baissé la vitre de son Cayenne. Sur la banquette arrière, le gamin n'a pas levé la tête de sa tablette, il a simplement eu un soupir agacé à cause du bruit qui s'engouffrait. De l'air lourd. Le conducteur a regardé Pierre avec un sourire et Pierre lui a demandé pourquoi il avait un gilet jaune, là, sur son tableau de bord. Pour dire que je comprends votre colère. Le sang de Pierre n'a fait qu'un tour. Ah, tu connais notre colère. Notre misère. T'as une caisse à plus de cent mille boules et tu sais que le vingt du mois c'est fini pour nous, qu'on compte les jours, les heures qui séparent de la paye. Tu sais combien ça coûte un kilo de Bintje, mec ? Il a répondu environ un euro trente, mais à la ferme, comme celle du Pont d'Achelles par exemple, on peut en trouver à 65, 70 centimes. Tu sais ça, toi ? Je fais les courses comme tout le monde, et comme j'ai deux garçons, j'ai appris que les Bintje sont les meilleures pour les frites. Sourire fugace sur le visage de Pierre. Presque une grimace. Le surréalisme de la discussion. Coup de bol, a-t-il lâché. Mais la misère, c'est pas de savoir le prix des choses, c'est de pas pouvoir se les payer. Je sais ça aussi, a dit l'homme doux derrière

25

son volant, je paye ma part, croyez-moi, plus de 50 % de tout ce que je gagne va à l'État. On dirait pas, et Pierre a donné quelques méchants coups de poing sur le capot de la Porsche, sur le pare-brise, comme dans une bagarre de fortiches, pour faire mal, puis il a ajouté allez, barre-toi avec ton fric, va, va, et si le cœur de Pierre battait anormalement fort à ce moment-là, ce n'était pas à cause de l'excitation, de tout ce sentiment d'injustice qui avait refait surface, du retour de la dialectique éculée riche/pauvre, la lutte des classes, les aristocrates à la lanterne, Noël à Saint-Tropez/Pâques au gibet, non, sa colère prenait sa source dans ses lâchetés d'homme, ses faiblesses de père, « j'ai deux fils et j'ai appris que les Bintje, etc. », c'était ça qui l'avait poignardé, la fierté d'un papa, un homme heureux, ce connard avec sa Porsche de merde qui va à la ferme chercher la reine des patates pour ses gamins parce que les gosses ont droit à ce qu'il y a de meilleur, parce qu'on ne sait jamais si on sera encore là demain, alors il faut laisser des jolies choses pour les jours de disette, parce qu'il les aime, ses mômes, parce que bordel de merde Geoffroy n'a jamais dit que les Bintje étaient meilleures pour les frites que la Belle de Fontenay qui est excellente pour la cuisson vapeur ou les putains de Yukon Gold pour les gratins dauphinois, parce que Geoffroy sait mille choses, dix mille choses, un million de choses, tout ce qu'il y a dans les livres, mais qu'il n'en parle jamais parce qu'on ne lui demande jamais rien, parce que moi, son père, je ne lui demande jamais rien. Le Cayenne est parti et Pierre n'a plus arrêté les voitures. Julie s'est approchée, elle tenait un gobelet rempli d'une bonne dose de cognac, tiens, t'es tout blanc, Pierre, on dirait un cul, mais aucun des amis n'a ri, ils savaient les dévoiements entre ces deux-là, les mots codés, toutes les bouées de secours, et Julie s'est soudain mise à crier, ta main ! ta main ! On aurait dit une corolle amarante et lorsque Pierre a desserré son poing, se sont ouverts cinq pétales sanguinolents, la blessure était vilaine, profonde, une entaille causée par l'essuie-glace sur lequel la paume de Pierre, dans sa fureur nouvelle, s'était un instant plus tôt empalée.

Vert

La nuit était tombée vers 17 heures. À Paris, alentour du palais de l'Élysée, harnachés comme des kendokas furieux, ces samouraïs en armure, princes de la guerre, les CRS marchaient sur les derniers rêveurs. En province, on dégageait quelques ronds-points, on chantait une première victoire, on s'en promettait mille. « Les Gaulois en ont marre. » On riait, on trinquait. On se donnait rendez-vous en criant « Fin du monde, fin de mois, même combat ». On se sentait invincible. Droit dans ses bottes. « Nous aussi on veut payer l'ISF. » Louise est rentrée chez elle. Un samedi comme un autre. Dans la cuisine elle a allumé le poêle, le bois s'est très vite embrasé – c'est du peuplier aurait énoncé Geoffroy, on le reconnaît à son écorce lisse et unie, d'une teinte jaunâtre. Et si on avait laissé parler l'enfant, il aurait précisé que les gens de la campagne l'appelaient aussi *osier blanc* car, dans les travaux de la vigne, ils employaient les jeunes branches du peuplier à la place de l'osier, bien qu'il ne soit pas aussi adapté que celui-ci. Bref. Louise s'est versé un verre de chardonnay aux reflets verts et, pour la première fois de la journée, elle a souri. Geoffroy aimait les arbres et les forêts. Il aimait les écorces et les feuilles – les obcordées, en forme de cœur renversé, les falciformes, les roncinées. Il aimait le vert. Le vert apaisant et silencieux. Il lui avait un jour appris que c'était la couleur de la Terre-Mère, la Pachamama, la généreuse et dangereuse divinité des peuples andins qu'il convenait d'honorer en tous lieux car la terre était son propre temple, elle était la fertilité, l'abondance, la féminité. Mais voilà, les mamans ne comprennent pas toujours les élucubrations de leur petit garçon de 13 ans, et Louise, ce jour-là, n'avait pas soupçonné la route qu'avait commencé à suivre Geoffroy. Pierre est arrivé, la main dans un linge écarlate, on aurait dit qu'il apportait un bifteck saignant et le sourire de Louise s'est effacé. Elle a nettoyé la méchante blessure. Il faudra passer à Thomazeau demain, pour être sûr, anti-tétanos et immunoglobulines, a-t-elle précisé. En attendant, j'ai de quoi te recoudre ici. Pierre a fait le tatillon. Je préfère l'hôpital. Alors elle a demandé ce qui s'était passé. Il a marmonné, une bagnole. Qui a essayé de forcer le barrage. Un con. Et tu as tenté de retenir une voiture juste avec ta main ? Comme Dwayne Johnson ? Baragouinements, encore. Je sais, c'est nul, mais j'étais pas seul, il y avait Tony avec moi, et Jeannot, ma main a accroché l'essuie-glace, pas de bol. Pourquoi tu fais ça, Pierre ? Quoi ? Pourquoi je fais quoi ? Il s'est levé, s'est versé à son tour un grand verre de chardonnay aux reflets verts. Bu la moitié. Il est pas rentré Geoffroy ? Il va arriver, a dit Louise, je lui ai donné jusqu'à 18 heures. Tu ne réponds pas à ma question. Quoi je fais quoi ? Je gueule, Louise, si tu veux savoir, j'ouvre enfin ma putain de gueule. Il a soupiré. J'étais heureux aujourd'hui. J'existais. Je n'étais pas ce connard de vigile à Auchan que personne ne regarde. Je suis un chien, là-bas. Et encore, les chiens on les caresse. Un silence. On bloquait des dizaines de voitures, peut-être cinquante, peut-être cent, on n'a pas compté, et les gens ne protestaient pas. On parlait de nous. De ce qui nous reliait. On rêvait. On était ensemble et c'était bien. On tapait sur ce qui nous rapetisse. Les arrogances. Les mépris. Les types à Paris qui ne savent pas ce que c'est une fin de mois le quinze. C'était ça aujourd'hui, Louise. Des gars qui découvraient que tant qu'on sera dépossédés du pouvoir de changer nous-mêmes notre vie et celle de notre voisinage, le feu ne s'éteindra pas. C'était juste ça. Savoir qu'on n'est jamais seul à souffrir. Pourquoi on n'est pas heureux. Et vous avez trouvé pourquoi ? Pierre a vidé son verre. S'est essuyé les lèvres d'un revers de manche. Puis il a regardé attentivement sa femme. La belle Louise. Les sifflets des hommes dans la rue. Une Chiara Mastroianni blonde. Il s'est souvenu de leur premier baiser dans le brasier du 21 avril 2002 et il a souri et il était beau dans son sourire, comme au temps de leurs incandescences, alors il a dit, on va faire des frites ce soir, des putains de bonnes frites, avec des Bintje. Tu sais que c'est les meilleures patates pour les frites ? Le cœur de Louise a battu un peu plus fort. Pierre a appelé Jean-Mi. T'as des Bintje ? Non, pas des Charlotte. Des Bintje. Hé, t'es encore stone ou quoi ? Tu fais chier, Jean-Mi. Et il a raccroché violemment au moment où Geoffroy rentrait. Il était 18 heures précises. T'étais où ? Avec Djamila.

Vert véronèse

Djamila est un prénom dérivé de l'arabe *Jama'le* qui signifie « beauté ». Que l'on peut aussi traduire par « remarquable de beauté ». Celle dont parle le garçon possède de surcroît des yeux d'une singulière couleur.

Jaune

Le 21 avril 2002, la défaite de Jospin, et surtout sa fuite, genre Varenne, le soir même de sa déculottée, démerdez-vous les gars, je me casse, avait sans doute marqué le début de la grande colère de Pierre. Bien sûr il y avait eu les Tours un an plus tôt, la furie des fous furieux, mais ça s'était passé de l'autre côté de la mer, chez les Amerloques, et puis un an plus tard, à la tribune de l'ONU, voûté comme un papi, le cheveu argenté, visage émacié, Villepin n'avait-il pas, au nom de la France, dit non à la guerre en Irak, on n'a pas trouvé d'armes de destruction massive, va te faire foutre Bush, alors on avait pensé que cette histoire d'islamistes qui explosaient des avions sur notre mode de vie à l'heure du journal télévisé n'était vraiment pas notre guerre. On pouvait être tranquille de ce côté-là. Non. La vraie guerre, on le savait tous, se tenait dans nos villages et nos campagnes, jusque dans nos bras, à l'usine de production de papiers et cartons où Pierre travaillait depuis dix ans comme opérateur de machines de fabrication semi-automatiques, des bêtes capricieuses de trente mètres de long, à deux cent mille dollars pièce, soit le prix d'une maison dans le coin et, tiens-toi bien, avec un étage encore, une cheminée, un jardin, un garage, portail automatique, mon pote. Dix ans de cadences infernales pour tenir les délais, les coûts, parce que les Chinois guerroyaient et qu'après le péril jaune les Indiens aussi s'y étaient mis, enchantant les directeurs des achats qui adoraient soudain visiter Bombay avec madame, faire une jolie photo devant le Taj Mahal ou le Temple d'Or et savourer un *murgh makhani* au chili vert des montagnes du Cachemire en discutant délais de paiement, ristournes, garanties. Alors la perspective de Jospin au pouvoir, le grand promoteur des trente-cinq heures et des emplois jeunes, avait donné à Pierre l'envie de croire qu'il ne serait pas seul sur le champ de mines. Pas seul quand tout péterait – parce que le sens de l'histoire est aux invasions, aux annexions. Pas seul, parce que les syndicats sont là quand tout va bien, jamais quand tout va mal – que sont devenus les 16 000 gars d'Usinor Thionville ? les 2 700 de Giat Industries ? les 4 500 de Moulinex ? Et puis tout s'était effondré. Le grand Jacques était resté au palais. Raffarin avait parlé de la France d'en bas. Comme Balzac cent soixante-cinq ans plus tôt dans ses *Illusions perdues*. Les Français d'en bas étaient restés en bas. Les Français d'en haut ne regardaient jamais en bas. C'était sale. On pouvait se saloper les pompes. La fracture s'était agrandie. Une grosse métastase. Alors ce soir-là, quand cette absolument ravissante blonde s'était écrasée contre son corps d'homme et qu'elle l'avait embrassé, un baiser ardent, salé, désespéré, Pierre avait étouffé sa colère et s'était laissé apprivoiser. Il avait eu enfin envie de croire, à 36 ans, que l'amour était la seule chose au monde qu'on ne pourrait jamais lui retirer. Que c'était un refuge. Une terre sacrée. À l'aube, ils parlaient déjà chacun la langue de l'autre. Un espéranto d'amour. Un tourbillon. Louise avait dix ans de moins que lui. Elle était infirmière. Les garçons se retournaient sur elle dans la rue. Elle n'avait connu qu'une seule relation sérieuse. Un Antoine. Fils d'assureur. Ça avait duré quatre ans. Un jour il était parti. Comme ça. Une chanson de Reggiani. Mais jamais revenu, lui. C'est vrai qu'ici l'horizon c'était le bout de la rue. 70 % des rues du village étaient des impasses. Alors pour la première fois, Pierre n'avait pas fait le vantard. J'ai eu quelques copines, avait-il raconté à son tour. Mais jamais d'histoire sérieuse. Les ouvriers ça fait pas rêver les filles. Ça a les mains calleuses. Ça griffe la peau. Eh bien moi je les aime tes griffures, elles écrivent que tu m'aimes. Trois ans plus tard était né Geoffroy. Un an encore et l'usine de papier et de cartonnage avait fermé. Soixante types à la poubelle. Un chèque chacun. Juste de quoi acheter un écran plat, s'offrir six jours et cinq nuits en formule tout compris dans un club en Turquie et payer cette arnaque du contrôle technique pour la voiture. Allez, on dégage, les mecs. Dehors Jeannot. Julie. Tony. Jean-Mi. Les potes. Tous les autres. Julie s'était mise à consoler les hommes. Jeannot, remis d'équerre après un fâcheux moment de picole, avait entrepris une prépa au concours de surveillant pénitentiaire. Jean-Mi avait trouvé un boulot à la coopérative agricole. Tony, dans le bâtiment. Et Pierre, une place de vigile à mi-temps à Auchan. Geoffroy ne parlait toujours pas. Il courait mais il ne marchait pas. Il ne comprenait pas ce qu'on attendait de lui. Alors les entrailles de Pierre se sont mises à grogner. Ce 17 novembre 2018, premier samedi des gilets jaunes, « le jour où le peuple a dit non », il n'y a pas eu de frites croustillantes à base de Bintje sur la table. Pierre s'est resservi un verre de chardonnay. L'a descendu cul sec, comme les gens tristes qui veulent en finir vite. Puis il a dit je sors, de la même façon qu'il aurait pu dire je vous emmerde. La porte n'a pas claqué. Ç'a été le silence. Geoffroy n'a pas couvert ses oreilles de ses mains comme il le faisait toujours en pareil cas. Il a souri. Il a dit, je suis chez moi dans le silence. Et le chagrin a rapetissé sa mère.

Vert forêt

Plus tard, lorsqu'on essaiera de comprendre le drame, de reconstruire la mathématique des choses, d'en retracer toute la poésie, on croisera forcément Hagop Haytayan. Son père, dont le prénom Katchayr signifie homme et courage, était né en 1922, en pleine mer, sur l'un des premiers bateaux de migrants, pour Marseille au départ de Haïfa, alors bientôt dans la future Palestine. Sa famille y avait vécu quelques années. Boulots de manœuvre dans les savonneries, les huileries, les poissonneries. Quand on a survécu à un génocide, on se fout de l'odeur de ses mains. Les Haytayan s'installent à Paris en 1926, comme la moitié de la diaspora arménienne – soit alors environ soixante mille personnes. On les retrouve dans les taudis et les mansardes de Belleville, du Kremlin-Bicêtre, de Gentilly. Ils se regroupent par bourgs. Partent ensemble trimer chez Decauville. Dans des ateliers de tricoteurs à Clamart. Ou à l'usine à soie de l'industriel Beylerian. Dix ans plus tard, outre-Rhin, le petit peintre à la moustache en brosse éructe des mots de haine qui ressemblent étrangement à ceux qu'ont déjà entendus les Haytayan. À Constantinople en 1915. À Alep l'année suivante. Des mots qui font les famines. Les massacres. L'Histoire se répète toujours, les hommes ont si peu d'imagination. Alors les Haytayan reprennent la route. Montent vers le nord. Vers le froid. Loin des grandes villes, des populations nombreuses. S'installent dans un village sans usine. Sans port sur la mer. Sans réserves d'or. Sans rien. Pour vrai, estime le grand-père en posant sa valise, ils balanceront pas de bombes ici. Ni de gaz. *Menk hasank !* les enfants, on est arrivés. La guerre passe. Le généreux potager des Haytayan a nourri le village qui les a repus de volailles et de petits gibiers. On a sympathisé. On a dansé. On leur a donné des lopins de terre. Puis une forêt. Elle recèle mille, dix mille verts. Mélèze. Smaragdin. Lichen. Pistache. Et même véronèse. On y trouve des cortinaires et des gyromitres mortels. Principalement des chênes, des hêtres et des peupliers. Et des sources. Hagop vient au monde en 1950. Enfant, il y a construit une cabane. Depuis il l'a agrandie, elle est devenue une véritable petite maison, avec récupération d'eau de pluie et électricité solaire même si, dans les ombres de la forêt, ce n'est pas une authentique idée de génie. Mais ça marche. Certains matins, des biches et des faons s'approchent de la bicoque. En 2018, Hagop, 70 ans, a souvent vu ces deux gamins dans sa forêt. Elle est un peu plus grande et plus âgée que lui, dit-il. Elle parle en faisant de grands gestes et a le rire clair, comme l'eau d'une cascatelle. Je vois bien que le garçon lui enseigne le nom des arbres, lui apprend à reconnaître les crottes de cerfs, de lièvres et de chevreuils à leur forme de balles de carabine, celles des renards ou des martres à la fumée qui s'en dégage, et elle, en écoutant son petit savant, elle rit de son rire de source. Parfois ils ne disent rien, confie Hagop. Elle prend alors sa main avec une grande délicatesse mais quelquefois la sienne s'effarouche comme un chardonneret. Ils marchent longtemps sans trébucher sur les racines. Ils devinent la gadoue sous les feuilles. Ils évitent les trous d'eau. Certains jours, ils s'asseyent. Ils écoutent le silence. Parfois, la jeune fille – elle est ravissante, précise Hagop, elle a des yeux d'un vert étonnant, une peau caramel – partage ses écouteurs avec le garçon et on dirait alors qu'ils ne font qu'un. Le garçon pose son visage sur son épaule, elle est plus grande que lui, je vous l'ai dit, alors elle l'étreint. Je sais bien que ce sont deux enfants, chuchote-t-il, ils doivent avoir 13 et 15 ans, mais il y a entre eux quelque chose qu'on a tous possédé et tous perdu. Qu'on a oublié. Quelque chose d'immense, qui va être assassiné.

Orange

Cette fois-ci, ils avaient apporté des pneus et des poutres de chantier pour bloquer le rond-point. Ils étaient quinze déjà, dès 5 heures, à monter la barricade et l'excitation joyeuse de la semaine précédente avait laissé place à une humeur plus sombre. Et ce salopiaud de Philippe qui dit qu'il reviendra pas sur la taxe carbone, rageait Tony. Ben y va voir. On va lui rappeler la souveraineté du peuple. À mort ! avait renchéri Jean-Mi, le mastard de la bande, dont la consommation continuelle de weed avait bigrement réduit le champ lexical. Ils avaient garé leurs voitures en travers de la route, allumé des braseros à une cinquantaine de mètres de là pour signaler le barrage et surtout prévenir les torchés de sortie de boîte, ceux qui se prenaient pour Fangio avec trois pépées à bord et qui finissaient généralement disloqués contre un platane ou décapités par une glissière de sécurité. Des familles à la ramasse à chaque fois. Des enfers. Élias était revenu avec sa première fournée de pains et de croissants. Huguenin, le fils du boucher, une petite case en moins celui-là, était arrivé vers 7 heures avec des rillettes, des pains de viande et quelques solides saucissons en demandant, la gueule enfarinée, si c'était un *brunch*. Et Julie avait branché son iPod sur une enceinte balèze qui balançait des chansons à donner envie de chanter, de danser, de changer le monde et de s'aimer car après tout, minaudait-elle, tout ce qu'on demande, c'est de l'amour. Une trentaine de gars les ont rejoints avant le lever du jour. Certains déjà très remontés. On attendait de voir ce qui allait se passer à Paris. À quel niveau les bastons. Quel décibel le bruit des colères. Et l'envenimement des flics. On sentait bien qu'ils n'allaient pas faire papier peint. La matraque les démangeait depuis la semaine dernière. Pierre a dit aux collègues que ça suffisait maintenant, qu'il allait désosser le radar à la sortie de Doigny-la-Forêt, un piège à blé ce machin, et un gaillard de la taille d'un chêne s'est imposé, j'en suis, j'ai le 4 × 4. Ils sont partis à cinq, des mines de malandrins. Ils ont installé le filin autour du radar – c'est du 12 millimètres, a précisé le chêne un peu crâneur, six torons de dix-neuf fils, un point de rupture à 8 840 kilos, un câble pour chariots de grue, hé, hé, du coup, on pourrait peut-être carotter un distributeur de billets, a suggéré Jeannot, fine mouche, mais personne n'a trouvé ça drôle. On ne fait pas le pingouin sur un champ de bataille. Une guerre, ça se respecte. Les deux tonnes trois du 4 × 4 se sont ébranlées, le radar a été arraché aussi aisément qu'une vilaine dent, puis ils l'ont fourré à l'arrière de la voiture et l'ont ramené comme un trophée. Pierre était fier. Un chasseur. Le pied sur la dépouille. Le jour s'est levé. Le radar a été planté dans la barricade de pneus en guise d'étendard. Un gamin y a tagué le nom du jeune président et aussitôt, pour chacun, le boîtier est devenu son visage. Une tête sur une pique. « Ah ! ça ira, ça ira, ça ira/ Les aristocrates on les pendra. » Les premières autos sont arrivées, ont été arrêtées. Il y a eu un moment de fête, avec les croissants, les saucissons, la musique de Julie, les rêves qui pétillaient. On ne sentait pas les griffes du froid, et la buée qui s'échappait des lèvres de chacun dessinait des pays, des animaux, des paréidolies pleines de poésie. Les nouvelles annonçaient plus de mille cinq cents manifestations à travers la France. Parlaient des gars à Paris qui ne voulaient pas se laisser piéger sur le Champ-de-Mars et convergeaient déjà vers les Champs-Élysées. On évoquait près de six mille policiers dans la capitale. Six mille feux aux poudres, pas bon ça, a marmonné un gilet jaune, longue barbe blanche, un druide sorti de *La Serpe d'or*. Plus tard, au rond-point, le ton est monté avec un automobiliste qui voulait absolument passer. Sa femme était morte la veille. Glioblastome. Une épouvante. Je dois récupérer notre fille à la gare. S'il vous plaît. Laissez-moi avancer. Mais la colère fait parfois les cœurs de pierre alors Pierre est resté inflexible. Et la dame là, dans cinq minutes, elle aura son chien malade. Et lui, là, il dira qu'il est en retard pour sa piquouze. Désolé, mais on laisse passer personne. C'est une guerre qui a lieu en ce moment, vous ne vous rendez pas compte. L'homme a essuyé ses larmes, est resté calme, sans doute parce que la tristesse n'est pas gueularde, puis il a dit à Pierre vous devez être une personne très malheureuse, et, quand il a entrepris de faire un demi-tour, les gars l'ont aidé en faisant se déplacer des voitures, comme s'il était quelqu'un d'important. Plus tard, Julie s'est approchée, elle a dit c'est vraiment dégueulasse ce que tu as fait, Pierre. Tu deviens quelqu'un que je n'aime pas. Pierre s'est emporté, mais putain, qu'est-ce que vous avez tous à me faire chier ! Il a attrapé une bouteille de white-spirit, l'a balancée sur la barricade de pneus pour y mettre le feu. Très vite la fumée noire, épaisse, nauséabonde s'est élevée haut dans le ciel. Une colonne d'ébène qui rappelait toutes les violences du monde. Ici et là, des amitiés s'enracinaient. Les désillusions sont un ciment. Les pompiers sont arrivés mais les gars n'ont pas voulu qu'on touche à leur feu, alors ils ont juste sécurisé la zone afin d'empêcher que les champs s'enflamment. Les pompiers, avec nous ! ont crié quelques-uns, et les pompiers sont venus trinquer, alors le jaune et le rouge se sont mêlés en un orange de flammes. Un orange joyeux. Geoffroy aurait cité le peintre Kandinsky qui disait de cette couleur qu'elle provoquait des sentiments de force, d'énergie, d'ambition, de détermination et de triomphe. Et l'heure n'était-elle pas au triomphe puisque, sur ce rond-point barricadé, des hommes et des femmes qui ne se connaissaient pas retrouvaient, pour un jour, même une heure, leur naïveté d'enfance, la seule chose au monde à pouvoir changer le monde ? À Paris, la situation virait à l'insurrection. Les CRS lançaient les fumigènes, les gaz lacrymogènes. Le canon à eau faisait s'envoler les corps les plus légers, comme des détritus après un marché. Vers l'Étoile, les gens suffoquaient, se carapataient comme des souris prises au piège. Les kendokas avançaient, sans état d'âme. Des vélos et des scooters brûlaient. Des poubelles. Des chaises de bistrot. Des manifestants avaient arraché des pavés aux chaussées, les avaient lancés et avaient reçu plus de grenades encore. L'effet boomerang. En regardant les images sur les écrans des téléphones, le vieux druide a dit, vous verrez, la prochaine fois, ils sortiront les blindés. Au rond-point, la joie est devenue féroce. Quelqu'un a voulu brûler une voiture. Oui mais laquelle ? a demandé Julie, on est tous du même côté ici. Le ministre fêtard a parlé de séditieux – nom issu de *sédition,* qui autrefois signifiait un crime contre la sûreté de l'État – et il l'a fait, bien planqué derrière son compte Twitter. Viens ici, mec, viens, on va t'expliquer ce que c'est la sédition, a lancé le chêne sous les quolibets lorsque le visage du ministre est apparu. Viens nous chercher, a rajouté Tony, ah, ah. Il a une tronche d'ivrogne, a crié quelqu'un. Retourne donc jouer au poker, caïd ! a moqué un autre. Et les rires sont revenus. Puis la nuit est tombée. Petit à petit les gilets jaunes ont déserté le rond-point. Les pompiers ont dégagé la barricade incandescente, les gendarmes ont rétabli la circulation et, parce que tout redevenait comme avant, il y a eu un sentiment de défaite, comme si rien n'avait existé ce jour-là, ni les cris, ni les chants, ni les croissants chauds, ni aucun rêve. Pierre et Julie sont partis les derniers, tels les parents qui éteignent la lumière et ferment la porte après une fête. Il n'est pas rentré chez lui. Ils sont allés chez elle, l'amour a été triste. Leurs corps avaient l'odeur du caoutchouc brûlé. Leurs baisers étaient secs. Il a éjaculé. Julie a simulé un frisson. Puis il s'est tourné face au mur pour cacher ses larmes. La honte est salée.

Dégradé

La nuit encore. Louise n'a pas attendu son mari. Seule dans leur lit elle a supposé qu'il était parti écluser après la manif. Redessiner le monde avec ses collègues du temps de l'usine. Ressasser les rancœurs. Ou bien qu'il était allé pleurer dans les bras de Julie. Ses bras de chamallow. Son cœur d'artichaut. Une *consoleuse*, celle-là. Elle connaissait ce genre de femmes. Mais d'une certaine façon, n'en était-elle pas une, elle aussi ? À Thomazeau, ne réconfortait-elle pas ceux qui partaient ? Ceux qui restaient ? Tous ceux qui souffraient ? On disait ici, au cinquième étage de l'hôpital, que la douleur concernait le corps et la souffrance l'âme. Au corps, les médecines, les équations chimiques. Les soulagements. À l'âme, la douceur, la musique des mots, l'empathie. Le corps lâche le premier. L'âme s'accroche. Toujours. À cause d'un souvenir d'enfance. Un grain de peau aimée. Un rire étouffé. Une odeur de pluie poussiéreuse. Louise aidait ceux qui partaient. Et quand un sourire se posait sur les visages chiffonnés, elle savait qu'elle avait trouvé les mots justes, mené les moribonds à cette joie insaisissable qui permet le lâcher-prise. Sa main s'est contractée au souvenir de toutes celles qui s'étaient figées dans la sienne. Elle a caressé le drap à l'endroit où aurait dû être Pierre. Elle a touché le froid. Elle a éprouvé le vide. C'est épuisant d'aimer des gens qui ne restent pas. Le dimanche, Pierre n'est pas rentré et Louise a décidé de ne pas s'inquiéter. Lundi matin, quand elle s'est levée, Geoffroy était déjà dans la cuisine. Sur la table, il avait arrangé les choses selon sa logique. D'abord le jaune maïs des céréales puis le terre de Sienne des biscottes, l'ocre orangé du jus de fruit, le marron châtaigne du chocolat et enfin le havane du café. Un dégradé parfait. Louise a souri. Certaines choses ne changeaient pas. Geoffroy lui a fait un signe de la main, parce qu'ils ne se touchaient jamais le matin, puis demandé où était son père. Il avait un week-end, a-t-elle répondu. Avec ses amis. Geoffroy a répété sa question. Elle a cette fois avoué qu'elle ne savait pas. Son fils a haussé les épaules. Il a regardé sa montre. Il a dit il est 7 h 04. Djamila est dans sa salle de bains. Elle se coiffe. Puis elle se maquillera légèrement. Dans neuf minutes, elle sera dans sa cuisine et boira un thé au lait, avec un édulcorant. Puis soudain : Il nous aime plus, papa ? Un nouveau bleu au cœur de Louise. Alors elle a laissé ses larmes couler et Geoffroy est retourné à sa gamme de couleurs. Il a ajouté le blanc du sucre au début de sa ligne. À 7 h 30 tapantes, Geoffroy est parti à l'école. Il avait défini un itinéraire précis, dont il connaissait la mesure, le nombre exact de pas nécessaires, sachant qu'à 13 ans son enjambée faisait 62 centimètres de la pointe d'un pied au talon de l'autre, mais qu'elle évoluerait et que les calculs seraient à recommencer. Il savait le nombre d'arbres, leur variété, tout comme la marque, le modèle et la couleur de chaque automobile garée devant chaque maison, le nom des habitants, lesquels avaient un chien, un chat, un pinson, le nom des chats, des chiens et du pinson. Il savait à quelle seconde précise Djamila apparaîtrait à l'angle de la rue du Lavoir, dans la même seconde il soupirerait, et elle sourirait, et ainsi tout s'emboîterait parfaitement sur la terre. Sa mémoire était déjà encombrée de choses qui ne servaient qu'à le rassurer sur la permanence du monde. Les chiffres étaient un équilibre, une certitude, tout comme les couleurs. Ce qui le terrifiait, c'était la poésie des hommes, c'est-à-dire leur imprévisibilité, car pour lui la poésie n'était que cela, fantaisies, cabrioles, facéties. Ne pas savoir si un inconnu croisé dans la rue va vous demander son chemin, vous sourire, être tout à fait indifférent ou bien vous poignarder le ventre et le cou avec un couteau de chasse spécial sanglier était absolument effrayant. Lorsqu'ils arrivaient à l'école, ils ralentissaient toujours. L'école, c'était la couleur noire. La pire. Alors la main de Djamila prenait celle de Geoffroy, la serrait très fort. La broyait même. Cette douleur avait le don de concentrer toutes ses peurs et la main de Djamila de les extirper.

Rouge sang

Pierre avait quitté le lit de Julie après quarante-huit heures de tafia, de larmes, de tendresse, de discussion – elle avait plusieurs fois essayé de l'amener à parler de sa colère, de remonter aux origines, nettoyer la boue, mais il l'avait à chaque fois envoyé bouler, tu vas pas faire ta Louise, toi aussi ! et ça avait été comme des torgnoles qu'il lui donnait, tous ces emportements, une femme cognée tout à coup, alors elle lui avait dit casse-toi ! casse-toi maintenant ! Il avait pris une douche rapide, s'était frotté jusqu'au sang par endroits avec le gant de crin, pour éliminer ses odeurs animales, amputer cette part de lui qui se gangrenait et il était sorti sans un mot, la gueule de travers. Il avait claqué la porte. Sa main avait cogné le chambranle et s'était remise à saigner. Il s'était retrouvé dans le froid. Un type perdu. Au Café de la Mairie, il avait commandé un double expresso, une tartine. Sur l'écran, derrière le comptoir, on passait en boucle les images de samedi aux Champs-Élysées. La baston avec les flics. Les pavés. Les gaz. Les fumigènes.

Les brasiers. Pierre était fasciné par ces types qui se risquaient à balancer des pierres. Les mots s'envolent, les pavés restent, disait Tony. Bien sûr, il y avait des voyous dans le tas. Des black blocs. Et alors ? Leur violence, c'était notre violence qui osait, pensait-il. C'était un langage. Une langue, même. Toute une grammaire. Nous, on s'écrasait parce que le système avait tout fait pour. On était devenus des moutons. Des semelles de godasse. Des merdes, Jeannot, des merdes, et Jeannot avait pondéré. La colère ne suffit pas à changer le monde, Pierrot, elle n'est que du bruit. Faut retrouver ce qu'on avait tous en commun, qu'on a perdu pour de mauvaises raisons. Fais chier, Jeannot. Samedi prochain, il irait à Paris. Et si Tony, Julie, Jeannot et les autres ne venaient pas, eh bien tant pis pour eux. Qu'ils restent dans leur petite misère ordinaire. Prends garde à toi, Pierre, les colères nous tisonnent et nous consument. Elles fissurent ce qu'on est de bien. Pierre avait commandé un autre café, avait demandé qu'on change de chaîne. Le patron lui avait proposé une bistoule. Il n'avait pas refusé.

Vert peuplier

Ils viennent souvent, a poursuivi Hagop Haytayan. Depuis plus d'un an. Il les trouve beaux ensemble. On dirait deux animaux de la forêt. Des esprits joyeux. Gracieux. Ils musardent. Se hument parfois, comme on respire le jasmin ou la menthe. Quelquefois, le garçon semble danser devant elle, tout autour d'elle, il fait alors des petits pas en zigzag, comme certains insectes dans leur parade nuptiale, et quelquefois, c'est elle qui danse pour lui et ses bras et ses jambes sont des lianes. Des envoûtements. Ils sont alors dans ce monde magnifique et perdu, celui que tu dois essayer de ne jamais quitter, mon fils, disait ma mère qui avait pour prénom Antarame, cela signifie « immarcescible », un bien bel adjectif je trouve, plein de promesses, ne jamais quitter, disait-elle, surtout en grandissant, car grandir, ne l'oublie pas, c'est tout perdre, car grandir, c'est se perdre. Puis, brusquement, tels deux chevrillards flamboyants à l'approche d'un renard, ils bondissaient et disparaissaient. Je les ai retrouvés une fois, assis à califourchon sur la grosse branche d'un chêne-liège, plus au nord de la forêt. Elle était assise derrière lui, ses mains dorées posées sur ses épaules et j'ai pensé à des amoureux sur une Vespa, une route en lacet, une image d'Italie épinglée dans un arbre. Il lui montrait des étoiles que personne ne pouvait voir en plein jour, et elle riait, et elle s'émerveillait. Plus tard, ils sont passés près de moi sans me voir. Elle lui demandait à quoi lui servait de connaître toutes ces histoires de lux, de lumens, de stéradians et de magnitude zéro, moi, tout ce que je sais, c'est que je suis bien avec toi, et ça me suffit. Alors le gamin s'est arrêté de marcher. Il a eu l'air de réfléchir intensément, parce qu'à 13 ans ce n'est pas facile de répondre à une phrase d'amour. Il a laissé les mots infuser en lui. Trouver un écho dans sa propre logique. Puis il a souri. J'ai trouvé. C'est une réplique dans un film. La fille dit « mais moi aussi je suis bien avec toi, je suis même très bien, mais je n'en ai rien à foutre que tu sois bien avec moi, je veux que tu sois avec moi ». C'est ça que tu veux me dire, Djamila ? C'est exactement ça, Geoffroy, a répondu la jeune fille en rosissant. Je veux que tu sois avec moi. Une autre fois, c'était un dimanche, je les ai aperçus vers les sources. Ils étaient nus, allongés sous les peupliers blancs, sur leurs feuilles qui ont, vous le savez peut-être, une forme de cœur pointu et j'ai pensé que c'était elle qui avait choisi l'endroit. À cause du dessin des feuilles. Je ne suis pas resté. Je peux juste vous dire que dans la lumière de printemps de cette fin d'après-midi-là, leurs peaux mêlées, caramel et rose, m'ont fait penser aux gâteaux au miel d'Antarame ma mère, un gâteau de mariage, car ces deux enfants, j'en suis sûr, venaient ce jour-là de s'épouser.

Blanc

Louise avait très tôt remarqué que quelque chose n'allait pas. Lorsqu'elle fredonnait à l'enfant les comptines que sa mère lui avait apprises, sa voix ne semblait pas l'atteindre, pas plus qu'il ne la regardait lorsqu'elle faisait les marionnettes avec ses mains. Il paraissait lointain. Petit habitant d'une autre langue. D'un autre astéroïde. L'ophtalmologue et le psychomotricien n'avaient rien décelé d'anormal. L'enfant avait hurlé lorsqu'ils l'avaient examiné mais ils avaient tous deux mis cela sur le compte de tous ces appareils tellement impressionnants pour un petit bout de chou, ah, ah, et Louise était restée seule avec son fils dépeuplé. Le temps de la grossesse, Pierre avait été un compagnon prévenant – il avait trouvé des groseilles et des fraises un soir à 23 heures, grâce à un poteau de la coopérative –, il avait été une promesse épatante de père. Mais lorsqu'il était apparu que Geoffroy n'était pas tout à fait comme les autres, ou en tout cas ne se développait pas au même rythme que les autres selon les statistiques des carnets

53

de santé qui ne font la part belle qu'à la normalité – la différence, il est vrai, ne rentre pas dans les cases –, Pierre s'était désintéressé de son rôle de père. On verra plus tard, disait-il, quand il sera grand. Je l'emmènerai au foot. Au judo. Je lui apprendrai à conduire. Et Louise avait deviné qu'en perdant un père pour son fils elle perdait aussi son homme. Il avait alors commencé à faire des heures sup à l'usine, à rentrer tard, l'haleine au goût de houblon, sur la peau un parfum espiègle de fruits rouges – Louise avait reconnu les notes acidulées de Mademoiselle Rochas que la bande avait offert à Julie pour son anniversaire, et la fièvre de la mélancolie s'était progressivement distillée dans son sang. Geoffroy grandissait. Il ne parlait toujours pas. Ne vous inquiétez pas, avait dit un pédiatre de Thomazeau, même Einstein n'a pas parlé avant 4 ans. Geoffroy n'exprimait aucune émotion. Il comprenait mais ne ressentait rien. La joie de vivre ne le faisait pas gambader. Ni s'envoler les rires. Il était une pierre. Un feu qui peinait à prendre. Juste une conscience réflexive. Il était difficile de l'habiller. Délicat de le nourrir, jusqu'au jour où Louise avait compris qu'il mangeait selon une logique propre. Un, les aliments ne devaient jamais se toucher. Deux, ils devaient lui être présentés selon leur chromaticité. Du plus clair au plus foncé. Ainsi la purée avant le jambon. Le jambon avant les petits pois. Et lorsqu'un jour elle avait à dessein cuisiné du riz blanc et un filet de lotte, Geoffroy n'avait jamais pu choisir par lequel commencer. Elle avait consulté des médecins. Des nutritionnistes. Des spécialistes. Des psychologues. Une naturopathe. Personne ne savait vraiment. On disait, il prend son temps. On disait, cliniquement tout va bien. On disait, soyez patiente, chère petite madame. Louise s'était sentie jugée. Déficiente dans son rôle de mère. Alors elle s'était mise à chavirer dans son chagrin. Une collègue de l'hôpital s'était inquiétée. Un médecin lui avait prescrit une cure de sertraline. La collègue un amant, et dans la salle bleue des infirmières, elles avaient ri toutes les deux, même si Louise n'avait pas le cœur à ça. Sois patiente, Louise. Puis un jour, l'épiphanie. Geoffroy s'était mis à parler. Six mois avant Einstein. Oh, il n'avait pas dit maman. Pas dit je t'aime ou fais-moi un câlin. Mais il avait dit petit. Il avait dit grand. En rangeant les couverts par ordre de taille. En classant les jouets et les livres. Il disait petit, moyen, grand, très grand. Il avait une jolie voix modulée et cette sonorité nouvelle avait bouleversé Louise. Elle s'était ce jour-là assise tout contre lui, et même s'il ne l'avait pas regardée, sans doute pas écoutée, elle avait dit je sais que tu as des milliers de mots en toi, Geoffroy, que tu les as gardés jusqu'ici comme des trésors, des osselets au fond d'une poche, chacun de tes mots est un cadeau, et si les autres ne les comprennent pas toujours, ce n'est pas grave, car moi je les sais.

Jaune citron

Le responsable d'Auchan avait pour habitude de céder aux employés les produits alimentaires ayant dépassé la date de péremption, aussi, la veille de son départ pour la capitale, Pierre avait ramené une tarte au citron sans gluten pour douze personnes. Geoffroy était dans sa chambre. Il lisait le grand roman écologique de l'Américaine Dana Philp, *Une biche égarée en ville*. Louise venait de rentrer du boulot, épuisée, accablée. Dans l'après-midi, une jeune femme était morte. Un cancer du sein HER2 positif. L'Herceptin et la chimio n'avaient été d'aucune efficacité. Pas davantage que le pertuzumab, même combiné avec le trastuzumab et le docétaxel. Elle avait été accueillie trois jours plus tôt à Thomazeau, au cinquième étage, et c'était déjà un miracle qu'elle ait tenu trois jours. 32 ans. Deux filles. 6 et 4 ans. Elles ont crié Maman ! Elles ont crié Reste ! Elles ont promis. On sera sages. On mettra la table. Elles ont supplié. Pars pas, maman. Pars pas. La maman a souri. Leur a dit qu'elle les aimait. Qu'elle comptait sur elles pour ranger, être sages et mettre la table, parce que vous allez devoir aider votre papa maintenant, être des grandes et elle a pris la main de son mari qui pleurait. Elle leur a dit merci à tous. Elle a souri. Elle a ajouté je vous dis au revoir comme le soir on dit à demain et elle est partie. Ses deux derniers mots ont semblé virevolter dans la chambre avant de s'évanouir à leur tour. Puis Louise a débranché la pompe du Baxter, alors la plus jeune des filles a eu une crise de nerfs. Elle s'est mise à frapper le corps de sa mère, griffer la peau de son visage, tirer sur les paupières pour les ouvrir en hurlant méchante ! t'es méchante ! Son père effondré s'est précipité, Louise a retenu l'enfant dans ses bras, elle-même a reçu des coups, puis elle a tenté des mots anciens, des mots de maman vivante. Brigitte, une autre infirmière, a accouru, elles ont injecté un calmant à la petite puis l'ont installée sur un des lits de la chambre de repos et le cinquième étage de l'hôpital a soudain été parfaitement silencieux. Ensuite, Louise et Brigitte ont ôté les perfusions et les pousse-seringue. Elles ont fait la toilette de la jeune maman. Installé des draps propres. Lui ont passé une chemise immaculée. Deux heures plus tard – la loi exige ce délai minimum –, elles l'ont emportée à visage découvert. Ici, on ne descendait pas un corps, mais une personne. Il y avait toujours quelque chose de beau dans un visage apaisé. Une dignité. Ça a été une journée comme une autre. Chez elle, Louise a préparé des pâtes aux courgettes, amandes et chèvre parce que nourrir ses hommes était l'un des moyens qu'elle avait trouvés pour rester civilisée après un chaos, debout après une guerre. Faire à nouveau le choix de la vie. Depuis qu'elle travaillait en soins palliatifs, elle avait vu bon nombre de soignants se déglinguer, incapables de maintenir le chagrin à la bonne distance – la distance de courtoisie, disait Brigitte. Ils rentraient chez eux le corps lourd des corps morts. Ils pleuraient, sombraient. Geoffroy a mangé les pâtes, puis les amandes, puis les courgettes. Pierre a parlé de son voyage le lendemain matin. Tony vient me chercher à 6 heures. Départ du train à Lille à 7 h 11, arrivée gare du Nord à 8 h 14. Puis rendez-vous aux Champs-Élysées. Ses yeux brillaient. Ses mains s'animaient. On va changer le monde, fils, a-t-il dit en riant. Regarde. Il s'est levé, a attrapé son gilet jaune, l'a déplié. Au dos il avait inscrit son slogan au feutre noir, en majuscules, ON VEUT JUSTE UNE VIE JUSTE. C'est pas la mer à boire ça, une vie juste. Je veux que tu aies un bel avenir, Geoffroy, et ta maman aussi. Toi aussi, Louise. Je veux qu'on n'ait plus peur. Qu'on redresse tous la tête. On va se battre pour ça. Et on va gagner. Tiens, j'ai même ramené une tarte au citron pour fêter ça. Geoffroy a levé les yeux. Tu as oublié que je n'aime pas le jaune, papa.

Noir

Tout le monde le sait, un groupe humain se constitue par l'exclusion d'une ou plusieurs personnes. Un groupe d'élèves, c'est pareil. Ainsi les amitiés se façonnent-elles sur le dos d'un gros, d'une grosse, d'un moche, d'une moche, d'un bigleux, d'une bigleuse, d'un étranger, d'une étrangère. Imaginez maintenant un garçon qui ne ressemble à personne. Il a 11 ans. Il ne supporte pas qu'on le touche. Il se tient toujours à l'écart. Il passe parfois le temps de la récréation caché dans les toilettes ou derrière le large tronc du platane. Il pourrait vous dire qu'il s'agit ici d'un platane commun, appelé aussi platane à feuilles d'érable, un hybride de la famille des *Platanaceae*, à la très faible fertilité, un arbre apparu en Europe au dix-huitième siècle. Qu'il peut avoir une durée de vie de mille ans. Une taille de cinquante mètres. Et que ses fruits ont pour nom akènes. Mais il ne parle pas aux autres parce qu'il ne sait pas s'ils sont gentils ou méchants. Tout ce qui est nouveau l'effraie. Tout ce qui ne se répète pas l'effraie. Tout ce qui est surprise l'effraie. C'est pour cela qu'il déteste Noël et le jour de son anniversaire. Ne pas savoir ce qu'il y a dans le paquet-cadeau est une authentique angoisse. Quand il marche dans la rue, il a l'air de compter ses pas, de nommer les voitures et de classer les couleurs. Il a 11 ans et sait des choses que même vos parents ne savent pas. Des choses que même les professeurs ne savent pas. D'ailleurs, parfois, il les corrige. À propos du réservoir souterrain d'eau au Sahara septentrional, par exemple. Ce n'est pas trois mille kilomètres cubes, madame, c'est trente mille. Et ce n'est pas le froid, madame, qui tuait les chevaux pendant la retraite de Russie, mais le verglas. Les bêtes glissaient, chutaient, ne parvenaient pas à se relever. Il ne sait pas mentir. Alors oui. Demandez-lui si le look de vos nouvelles baskets est frais, il les touchera et répondra qu'elles sont à température ambiante et vous vous exclamerez, eh débile, frais, tu connais pas ? ça veut dire « trop bien », « stylé », ça veut dire « cool », il pourra alors déclarer qu'elles sont ignominieuses, et même le mot vous énervera. Il peut vous blesser sans savoir qu'il vous blesse. Il possède une mémoire impressionnante. Dans vingt-cinq ans, il se souviendra de vos chaussures ignominieuses. Si vous pleurez, si vous éclatez de rire, ça ne lui fait rien. Il ne vous lit pas. Il ne vous ressent pas. Quand il y a trop de bruit, ses mains frappent sa tête, comme pour écraser les bruits dans son crâne. Ce sont des cafards. Des bestioles constituées de plus de vingt mille gènes, vous expliquera-t-il, soit presque autant que notre propre patrimoine génétique et parmi elles, plusieurs familles de gènes qui en font des insectes pratiquement impossibles à tuer, notamment à cause d'une production d'enzymes capables de décomposer la moindre substance toxique, y compris les pesticides. Il ne dit jamais de gros mots. Il respecte les règlements à la lettre. La loi. Lorsqu'il passe devant un miroir, il ne se voit pas toujours. Il voit l'arbre, jamais la forêt. Il perçoit le monde à sa façon. Mais surtout, il y a quelque chose en lui que vous détestez par-dessus tout, il ne vous reconnaît pas. Voici Geoffroy. Voici le bizarre. La tête de Turc de l'école. Celui qu'on moque et qu'on injurie. Celui qu'on frappe, et puisqu'il ne semble pas sentir la douleur, qu'on frappe toujours plus fort. Celui qu'on pousse dans les escaliers. Celui qu'on traite de mongol. De zarb. De fini à la pisse. Voici le bouc émissaire. Celui dont le meurtre soude la communauté des autres. Voici l'enfant seul. L'exclu du monde. C'est le Schmürz. Des années que cela dure, cette violence à l'école, mais Louise n'a pas voulu qu'il intègre un établissement spécialisé. Il est différent, a-t-elle dit, pas débile. Il peut apporter au monde, peut-être plus qu'un autre. Elle s'est battue pour ça. Jusqu'à faire intervenir le docteur Philippe, le patron de Thomazeau. Il a tapé sur le bureau de la directrice du collège. Il a dit que la différence était une véritable richesse. Au même titre que l'air. L'eau. Il a précisé que Ludwig van Beethoven, oui madame, et Bobby Fischer, et Isaac Newton avaient eux aussi été différents. Tout comme Anthony Hopkins. Vous ne le saviez pas ? Geoffroy était resté mais les méchancetés n'avaient jamais cessé. La solitude était un ennemi cruel. Alors Geoffroy s'était un temps trouvé un ami imaginaire et puisqu'il aimait les couleurs, c'est Picasso, rien que lui, qu'il avait invité dans sa tête. Il ne comprenait pas que l'Andalou ait un jour dit « quand je n'ai pas de bleu, je mets du rouge » car enfin la mer ne peut pas être rouge, argumentait-il, et, face aux lits des chambres à Thomazeau, les murs ne peuvent pas non plus être rouges, la couleur rendrait fous les malades. Elle est le sang. Elle est le feu. Elle est la mise à mort. Et Pablo riait, riait, lui disait de ne pas s'en faire, crois-moi, Geoffroy, n'ai-je pas peint des visages où le nez est à la place d'une oreille, une bouche d'un œil et les gens y ont vu des gens. Pas des monstres. Alors Geoffroy fronçait les sourcils, le débat était ardu, et il soupçonnait que quelque chose d'autre avait commencé à entrer dans sa vie, qu'il ne comprenait toujours pas, parce que tellement extravagant, quelque chose qu'il ne supportait pas parce que tellement irrationnel. La poésie. Le verbe contre la mathématique. Deux mondes antithétiques. Et puis il y a un an, alors qu'il était assis, seul, tandis que les autres jouaient au foot en s'appelant par des noms de grands joueurs pour faire les coqs devant les filles, il s'était passé cette chose extraordinaire. Une élève de quatrième s'était assise à côté de lui. Elle avait eu un geste très gracieux de la main pour dégager les longs cheveux noirs qui couvraient son oreille et, dans la même délicatesse, en avait extrait un minuscule écouteur blanc qu'elle avait placé au début du conduit auditif de Geoffroy. Il avait été pétrifié. De la couleur exacte de l'écouteur. La voix d'une jeune femme, tessiture grave, éraflures élégantes, fumeuse sans doute, s'était insinuée en lui, au milieu des cafards, du nombre de kilomètres cubes d'eau dans le Sahara, du verglas assassin de la retraite de Russie et du bruit des injures. Les paroles de la chanson disaient *Imagine all the people/ Living life in peace*. Elles disaient *You may say I'm a dreamer/ But I'm not the only one*. La mélodie du piano était belle. Et douce. Le rythme de la batterie et les riffs de la guitare électrique avaient fait danser son cœur. Un instant Geoffroy n'avait plus eu peur. Il s'était senti allégé de toutes les méchancetés. Il lui avait même semblé qu'il pourrait s'envoler, tiens, et rire. Il avait alors regardé la fille assise à côté de lui. Il n'avait vu qu'une seule chose. Ses yeux étaient de la plus belle couleur du monde. Un vert véronèse. La sonnerie avait retenti. Chacun était retourné en salle de classe. Et la vie de Geoffroy avait changé pour toujours.

Jaune néon

Les images ont fait le tour du monde en direct. Les flics qui chargent à la lacrymo dès le matin. Tirent à l'arme de guerre – les fameux LBD. La vague jaune grondait. La fumée blanche des lacrymogènes dessinait des brouillards d'où jaillissaient des fantômes, des larmes sur les joues. Les kendokas et leurs boucliers étaient couverts de coulures acryliques citron. Comme des crachats. Des petits tableaux de Pollock. Paris était assiégé. L'Arc de Triomphe avait été saccagé. Le visage du Génie de la Patrie défoncé, comme les gueules effarantes de ces types qui se prennent un tesson de bouteille le samedi soir, à cause d'un regard de traviole, une clope refusée. La tombe du Soldat inconnu avait été piétinée. La colère beuglait, déchirait les tympans. Les hommes se battaient. Parfois on aurait dit des chiens errants, des chiens sans nom. Parfois des cerfs qui cognaient leurs bois. À chaque fois, des orgueils. Dans les quartiers chics, on s'était cadenassé. On savait que les sauvages s'engouffraient dans les garages, pétaient les bagnoles, cherchaient une entrée de service, un bourgeois à égorger. Un tag immense avait été calligraphié en noir sur l'Arc de Triomphe, « Les Gilets jaunes triompheront ». Un autre, « OK Manu, on traverse ». Et un peu plus loin, sur la vitrine d'une enseigne de mode, un espiègle « Jaune et Jolie ». Dans toute cette fureur, un gamin avait tendu à Pierre sa bombe de peinture fluorescente, un jaune dit néon, et Pierre, après quelques instants d'hésitation, avait tagué « J'EXISTE » sur la porte sombre d'un immeuble en haut de l'avenue Marceau, et alors qu'il faisait ce geste qui somme toute n'était pas le plus révolutionnaire ni le plus insensé que puisse faire un homme en colère, il avait eu une érection. J'existe donc je bande. L'interdit et la violence possédaient quelque chose de sexuel. D'animal. Transgresser, c'était déplacer les lignes. Occuper plus de place. Déployer sa force. Cela revenait à jouir. Et plus tard, quand il avait balancé de la caillasse en direction des flics, il avait ressenti la même ivresse. On survivait comme on pouvait puisque la civilisation, puis la civilité, n'avaient rien donné. Ceux d'en haut étaient toujours plus haut, ceux d'en bas toujours plus bas. Il fallait redevenir des bêtes. Les maîtres ne reculent que devant les chiens qui les mordent. RELISONS HEGEL, BORDEL ! ET MORDONS, MORDONS AU SANG ! avait un samedi crié Jeannot, comme au temps de ses ivresses flamboyantes. « La vie vaut ce que nous sommes capables de risquer pour elle. » Contemplez le triomphe de l'esclave devenu un homme libre. Et puis, contre la violence, les kendokas avaient utilisé la violence. DBD. Grenades. Tonfas. Les manifestants s'étaient dispersés dans les rues alentour. Insaisissables. Comme de l'eau. Pierre avait perdu de vue Jeannot et Tony quelque part sur l'avenue de Friedland alors qu'il était lui-même entraîné vers la place Saint-Augustin où des types venaient de mettre le feu à une Porsche, tentaient d'enflammer une agence bancaire et là, dans la fumée, le chaos, comme une apparition, une image sainte : une DS blanche, garée à l'angle de la rue La Boétie, face au Monoprix. Immaculée. Une pureté. Le temps s'était arrêté. La Citroën semblait incarner tout ce qui avait été perdu, qu'on pensait l'héritage de ces années françaises heureuses. Cette voiture qui avait été celle de Fantômas, du Samouraï, du Général et d'un million et demi de Français évoquait soudain les musiques de Francis Lai, les films de Claude Sautet, les clopes de Piccoli, la grande gueule de Montand, l'accent de Schneider, la voix de Denner. *Les Valseuses.* Le canon du flingue dans la chatte de Jeanne Moreau. Cette liberté de créer. Ce moment où l'on était passé de « Marche ou crève » à « Marche et rêve ». L'automobile blanche commémorait Pompidou. La modernité. Et Barthes, qui avait décelé en elle l'équivalent des cathédrales gothiques, « une nouvelle phénoménologie de l'ajustement », en avait écrit quelques pages magnifiques. La DS était devenue une allégorie. Le corps des manifestants avait fait corps avec elle. Au cœur de la bataille, ils avaient voulu protéger ce morceau d'histoire de France. Défendre ce bien commun. Cette émotion collective. Pierre s'était joint au groupe, un gars avait pris son bras, comme pour sceller deux maillons d'une chaîne. Il avait alors eu un sentiment curieux, qu'il ne parviendrait à verbaliser que le lendemain. Il dira à Julie, Jeannot, Tony, Jean-Mi, qu'il s'était senti de France. Pour la première fois. Tony ouvrira une autre cannette en rigolant. Ouais, ben d'une France qu'existe plus, alors. Et Pierre dira elle a existé. Et si elle a existé, ça veut dire qu'elle est encore là. Jeannot s'en mêlera. Ce n'est pas parce que ça a existé que c'est encore là, mon Pierrot. Regarde les dinosaures. Le dodo. Ils riront. Pierre sourira. Si. Dans le permafrost. On va un jour retrouver des dinosaures dans le permafrost. Et tu sais ce que c'est le permafrost d'aujourd'hui ? Alors même Julie le regardera comme s'il était un extraterrestre. Ou un type raide bourré. C'est notre cœur, dira Pierre. Tout y est et on ne l'écoute pas. C'est ça que j'ai compris hier, à Paris. Dix jours plus tard, le jeune président douchera ses rêves.

Bleu

Zeroual est un nom de famille assez répandu dans les campagnes algériennes et marocaines. C'est un nom qui, en berbère, signifie « celui qui a les yeux bleus ». Il est celui d'une famille française établie ici depuis le début du siècle dernier à la demande du patronat alors très amateur de main-d'œuvre kabyle pour briser les grèves des ouvriers italiens dans les huileries et les savonneries de Marseille. On les utilisera ensuite, dès 1914, comme chair à canon. Et la guerre sera gloutonne. Les survivants, ou leurs fils, seront engagés comme ouvriers dans l'industrie et le bâtiment – il faut bien reconstruire –, et certaines femmes restées au pays n'auront plus que leur voix pour pleurer et chanter des poèmes appelés *timnadin*, sur l'exil, sur la mine, le délaissement, sur cette France « voleuse d'hommes ». Plus tard, certains de leurs descendants sortiront les mains de la gadoue et commenceront à enchanter le monde. Piaf. Camus. Adjani. Fellag. Bashung. Et tant d'autres. Ils deviendront une fierté nationale. On s'attendrait donc à voir, sur les interphones, le nom de Zeroual parmi les Charpentier, les Duval, les Dumont, les Lemoine, eh bien non. Il figure au milieu des Mukanga, des Belkacem, des Osmani et autres Diakité dans des halls d'immeubles construits à la va-vite, car la mixité sociale n'a jamais été une illustre réussite française. Le grand Jacques, pour ne citer que lui, ne l'a pas vraiment promue en parlant « du bruit et de l'odeur » des étrangers dans son discours d'Orléans, ha, ha, ils s'étaient bien marrés les mille trois cents militants présents, bien marrés aussi quand Jacquot, le micro à la main, un verre de bière posé devant lui, en avait rajouté, « eh bien le travailleur français sur le palier, il devient fou » et les mots, qui sont parfois tranchants comme des pelles, avaient creusé un fossé entre tous, une suspicion qui avait fait le lit drapé de satin du borgne haineux et plus tard celui de sa fille. Et même si la famille Zeroual se rêvait, après tout ce temps, intégrée, française, il restait un voile gris au fond du cœur de chacun de ses membres, un chagrin indélébile, une profonde déception. De grandes colères, là aussi – et il faut se méfier des colères des hommes. Celle de n'avoir jamais été frères malgré le tribut payé. Malgré les engagements. Le sang. La colère d'avoir été parqué dans des banlieues livrées à elles-mêmes. D'être restés des étrangers à jamais. Des Arabes. Des rebeus. Des rabzas. Attention aux mots. Ils glissent. Finissent par nous échapper. Dérapent. Puis déchiquettent. Cette magistrale foirade avait été le terreau d'une autre culture, plus radicale celle-là, presque désespérée,

comme chaque fois qu'une minorité se sent mise à
l'écart. En danger. Il faut bien survivre là où l'on vit.
Ahmed Zeroual était veuf. Il travaillait depuis trente
ans à l'usine Chemicals dans la banlieue de Lille, aller et
retour en train tous les jours et tous les jours le nez dans
les phosphates, le polyuréthane et la résine de synthèse.
Il habitait avec ses trois enfants dans une petite cité, des
cages posées au milieu de rien, où les rues portaient des
noms d'oiseaux, alouettes, rossignols, colombes, faisant espérer des envols qui n'arrivaient jamais. Il était
le père de deux garçons, Bakki et Lizul, 21 et 19 ans, et
d'une fille, Djamila, 15 ans. « L'irradiante de beauté ».
Cette beauté restait quelque chose d'abstrait aux yeux
de Geoffroy puisque son esprit logique la catégori-
sait autrement. Ainsi l'aimait-il pour plusieurs raisons.
Parce qu'elle avait un regard vert véronèse. Parce que
lorsqu'ils arrivaient à l'école, sa main broyait la sienne
d'une pression parfaite et ôtait à chaque fois sa frayeur
de la couleur noire. Parce qu'elle adorait comme lui
les arbres. Comme lui le nom des vents. La solitude.
Les mêmes films. La même chanson. Geoffroy aimait
mille, dix mille morceaux d'elle. Le tout, c'était impos-
sible puisqu'il ne percevait pas la beauté d'un ensemble.
Djamila adorait être comme un puzzle à ses yeux. Cela
rendait chaque millimètre d'elle infiniment plus précieux.

Doré

Au marché itinérant qui s'installait dans la cité chaque jeudi à l'aube, le cœur de Djamila s'était dangereusement emballé en découvrant au milieu de vêtements improbables – on y trouvait encore des pantalons Karting, des jupes frangées en daim, quelques ponchos – un petit sac à main griffé. Évidemment qu'il s'agit d'une copie, à ce prix-là tu crois quoi, jeune fille ? Puis elle avait couru pour être pile à l'heure à l'angle de la rue du Lavoir, et quand elle y avait retrouvé Geoffroy elle avait fait de gracieux petits sauts de cabri. Regarde, avait-elle crié, non mais regarde, c'est nous, là ! Sur la pièce en métal doré du fermoir était embossé le logo de Dolce & Gabbana. D&G.

Cendrée

Le ciel s'était obscurci d'un coup et la nature même des bruits de la forêt s'était modifiée. Le vent faisait papillonner les feuilles des arbres dont le bruissement se confondait avec les envolées des oiseaux. Du bois mort craquait sous les pattes des animaux qui regagnaient leurs tanières ou leurs bosquets. Les écureuils et les martres avaient disparu et les insectes cessé de voler. Ainsi qu'un esprit, le vent hantait maintenant toute la forêt, se cognait aux troncs, ricochait, tel un grand orgue dont les tuyaux d'écorce renvoyaient des plaintes musicales. Les feuillages murmuraient une élégie. Le chant d'une mère. Et puis soudain, le bruit du tonnerre. Comme une explosion. La colère de la Pachamama. Une guerre, à un jet de pierre d'ici. Djamila et Geoffroy avaient cherché à rejoindre en zigzaguant l'orée du bois, sous la protection des arbres les plus petits car la foudre, expliquait Geoffroy, choisit toujours le chemin le plus court. Un arbre isolé au milieu d'un champ par exemple, ou les cimes les plus hautes d'une forêt. Mais il fallait faire vite car le phénomène de rebond pouvait toucher les aulnes, les frênes et les érables alentour, peu importait alors leur taille, et créer un arc électrique d'un houppier à un autre. On avait vu des chênes-lièges centenaires qui avaient survécu aux incendies, à la convoitise des hommes, être arrachés par une rafale de vent un jour d'orage. Cours ! Mais ça ne sert à rien, Djamila, un éclair se déplace à presque 300 000 kilomètres par seconde, c'est-à-dire 900 000 fois plus rapidement que le son, 71 428 000 fois plus vite que nous ! Arrête de parler, Geoffroy, et cours ! Cours ! Attrape ma main ! La pluie s'était mise à tomber. Drue. Poussiéreuse. Lourde. Elle faisait scintiller les feuilles mortes, les rendait glissantes. Dangereuses. Cours ! De la fumée claire s'élevait du sol. Une odeur de champignons imprégnait l'air. Une exhalaison de moisi et de cadavre. Ils étaient trempés. Ils grelottaient. Les fougères fouettaient leurs jambes. Les épines de mûrier des haies entaillaient leur peau, leur sang tiède coulait, se diluait avec la pluie et leur dessinait des bottes rouges. Les deux enfants perdus trottaient. Deux faons prisonniers dans des grillages de bois. Le son du tonnerre grondait juste au-dessus d'eux. La foudre venait d'embraser un arbre. Une allumette qu'on craque, le phosphore qui éblouit, puis s'éteint aussitôt. Soudain, à quelques mètres de là, immense, cendrée, luisante, une roche a semblé rouler dans leur direction. La roche a crié. Par ici ! La roche s'est fendue. Ouverte. Et Hagop Haytayan a déployé la large toile imperméable grise qui le protégeait et les a accueillis, comme on repêche deux naufragés. Plus tard, quand la foudre s'est éloignée, ils ont rejoint la cabane qu'il avait construite enfant et agrandie, embellie depuis, année après année. Après leur avoir donné des serviettes éponge, il a allumé le poêle, c'est du bois de bouleau, a noté Geoffroy, ça brûle bien mais trop vite, je trouve. Hagop Haytayan a souri. Voilà pourquoi je le mélange toujours avec des feuillus durs. Aujourd'hui, c'est de l'orme et du charme. Et Geoffroy a souri à son tour, ce qui était assez rare. Sauf à Djamila. Puis Hagop leur a préparé une boisson chaude. Dehors, la pluie redoublait – mille minuscules hallebardes qui cherchaient à crever le toit de bois et faisaient un sacré boucan. Et les enfants ont commencé à se réchauffer, même si Djamila frissonnait encore. Ainsi en ce jour de terrible orage qui avait plongé les dix villages environnants dans la nuit, arraché une demi-douzaine d'arbres et vu un automobiliste septuagénaire victime d'un incontrôlable aquaplaning au carrefour du Toutvent au moment où passait un trente-six tonnes Volvo – il avait fallu plus d'une heure aux pompiers pour désincarcérer le corps du pauvre homme –, Hagop Haytayan, fils et petit-fils de migrants arméniens arrivés à Marseille en 1922, Djamila Zeroual, elle aussi fille et petite-fille de migrants berbères, débarqués dans le même port six ans avant les Haytayan, et Geoffroy Delattre dont la famille avait dû migrer d'une centaine de kilomètres en deux générations, se retrouvaient ensemble, en paix sur la Terre, et cet échantillon bigarré du monde était beau, et rare. Il réunissait un vieil homme qui avait précieusement gardé sa part d'enfance, ainsi qu'en avait rêvé pour lui Antarame sa mère, et deux enfants qui voulaient rester des enfants, bien loin de la violence des adultes, de toutes leurs trahisons. Ce jour-là, Hagop a proposé aux deux petits amoureux que cette cabane soit désormais la leur. Il leur a donné la clé. Il a parlé du paratonnerre. Du panneau solaire qui chauffait l'eau. De la pelle pour les besoins, dehors. Il a évoqué le potager, mais on ira demain, ou après-demain, car il faudra sans doute tout replanter. Puis avec la même sagesse qu'Antarame sa mère qui préparait de merveilleux gâteaux au miel, il a dit vous devrez faire attention. Les adultes tuent ceux qui leur rappellent ce qu'ils ont tué en eux. Le visage de Geoffroy s'est froncé, Djamila a pris sa main, l'a serrée très fort et la pluie a alors cessé.

Orange fluo, jaune perdu

Pourquoi je ne suis pas comme les autres, maman ?
Geoffroy avait 8 ans. Il ne se reconnaissait pas toujours dans un miroir. Il ne savait pas quel son écouter
dans un ensemble de sons parce qu'il les percevait tous
au même niveau. Il était allé une fois avec son père à
Auchan et tous les bruits avaient jailli avec la même
intensité. La publicité dans les haut-parleurs. Les roues
des chariots sur le carrelage. Les notes des scanners aux
caisses enregistreuses. Les cris des enfants. Les conversa-
tions. Le froissement des sacs en papier qu'on ouvrait.
Les hachoirs qui fendaient les carcasses sur les billots
en inox. La voix de son père. Il avait eu une crise. Il
s'était roulé par terre. Avait hurlé. Les pompiers du
PC Sécurité avaient accouru, l'avaient emmené à
l'écart sur une civière. Et Pierre s'était senti honteux.
Humilié. Alors que, selon Louise, il aurait dû hurler
VOS GUEULES ! FERMEZ TOUS VOS GUEULES !
Vous faites tous trop de bruit et mon fils ne supporte
pas le bruit. Vous lui faites mal. Geoffroy n'était jamais

retourné voir son papa au travail, dans son uniforme
noir, un gros talkie-walkie à la ceinture comme un Sig
Sauer de la police, avec sa lampe-torche, une bombe
lacrymogène et un brassard orange fluo, et son papa
avait vraiment commencé à s'éloigner de lui. Geoffroy
paniquait lorsqu'on lui posait une question qui demandait une réponse synthétique, alors il apprenait mille
choses par cœur, de la vitesse de la foudre aux soixante
mille espèces d'arbres, de la vie de Pablo Picasso (même
s'il avait eu du mal à assimiler sa réponse à Otto Abetz,
alors ambassadeur de Hitler à Paris, lorsque celui-ci
découvrant la toile *Guernica* lui avait demandé C'est
vous qui avez fait ça ? et que le peintre avait répondu
Non, c'est vous) à la contenance du réservoir souterrain
d'eau du Sahara septentrional en espérant qu'il y pui-
serait toujours une bonne réponse. Il plissait les yeux
en pleine lumière. Recrachait un aliment s'il était trop
poivré, trop salé, trop sucré. Les moindres odeurs de
fromage, de transpiration, l'incommodaient. Il regardait dix fois le même film. Et puis un jour, il avait fallu
piquer le chien des voisins avec lequel il aimait jouer. Et
parce que le chien était resté allongé auprès de lui l'an
dernier durant les huit jours qu'avait duré son érythème
infectieux, une laideur, comme si son visage, ses avant-
bras et ses cuisses avaient été tartinées de confiture de
groseille, Geoffroy avait insisté pour l'accompagner à
son tour et Louise et la voisine l'avaient emmené avec
elles chez le vétérinaire. Le docteur lui avait expliqué
ce qui se passait. L'arthrose paralysante, extrêmement

douloureuse. Ce qu'il allait faire. D'abord un sédatif, pour calmer l'animal. Puis la piqûre. La surdose d'anesthésique. Le chien s'endormirait paisiblement. Geoffroy avait regardé la gueule ébouriffée du barbet, avait croisé son regard jaune perdu, il avait frappé le bureau du vétérinaire et s'était mis à pleurer pour la première fois de sa vie. Il venait de comprendre la tristesse. Sa première grande émotion. Alors Louise avait enfin pu répondre à sa question. Tu es comme les autres, Geoffroy, tu es comme les autres.

Jaune

TF1. 20 heures. Le président apparaît. Un pébroc dans le cul, dit Tony. Toujours la formule chic mon Tony, commente Jeannot. T'aurais pu dire un faraud. Un pignouf. Ouais, ben tu peux les garder pour les filles tes jolis mots. Remets-y donc une tournée, Lolo. Chut ! L'heure est grave. Les mines tristes. Beaucoup de fond de teint, le président. Chemise fatiguée. Rasage approximatif semble-t-il au niveau du cou. Seule la petite mèche qui part du haut du crâne et qui est artistiquement ramenée vers le devant pour cacher le début de sa calvitie est impeccable. Et le voilà qui parle. « Faire de cette colère une chance. » Autour du bar, les huées grondent aussitôt. « Je les ai vues, ces femmes de courage pour la première fois disant cette détresse sur tant de ronds-points ! » Ben on t'y a pas vu, play-boy, lance une femme déclenchant les rires, on est peut-être trop jeunes pour toi ! Mais voilà l'important. « Le salaire d'un travailleur au smic augmentera de cent euros par mois dès 2019 sans qu'il en coûte un euro de plus pour l'employeur. » Voilà. Cent balles.

Un billet de train Valenciennes-Marseille aller-retour, calcule Pierre. Un plein de gasoil de Megane plus un bidon de liquide lave-glace. Un jean et une paire de baskets. Vingt-trois Happy Meal. Voilà la réponse du président à la colère incandescente. Arnaque ! gueule un autre. Tour de passe-passe. Car, explique-t-il, il est déjà prévu que le smic augmente de vingt euros. La différence, c'est la prime d'activité qui va être versée plus tôt, pour arriver aux cent euros. Et la prime ne sera pas pour tout le monde. Tony renchérit. Le mec se fait faire une piscine à 35 000 euros avec notre pognon et déclare, je cite, j'aime pas les piscines, je préfère mille fois la mer. On est où, là ? Tu mélanges tout, Tonino, dit Jeannot en souriant. L'argent de sa piscine n'a rien à voir avec nous. Si on va par là, on a perdu. On devient des envieux, et y a rien de pire. Pierre finit sa bière d'une traite, comme s'il cherchait à éteindre un incendie en lui, pose la chope vide sur le comptoir, dans la fureur d'un coup de marteau. Un autre ! S'excuse aussitôt. S'il te plaît, Lolo. Tony enfonce le clou, et l'autre grêlé, là, qui nous a traités de « gars qui fument des clopes et qui roulent au diesel », un connard. Monsieur Connard même. C'est ça le porte-parole du gouvernement ? Ouais, commente Jeannot, le porte-flingue plutôt. Parce que leurs mots nous tuent. Mais t'es poète, mon Jeannot, marivaude Julie. Les gars allument des clopes. On s'en branle ce soir de la loi du 10 janvier 1991 qui interdit de fumer dans les lieux publics. Faites chier avec vos lois, toutes les deux minutes. Ce soir, on reprend nos droits. La liberté. Ce soir, la déception est sourde. Et immense. Elle suinte dans les tripes de chacun. Des petits ulcères. Le fossé est trop grand entre le peuple et les gouvernants. Cent balles, marmonne Pierre. Il croit qu'il va nous acheter avec cent balles. Selon Machiavel, énonce Jeannot, le regard possédé, « le meilleur moyen, mais aussi le plus difficile, pour conserver le pouvoir, c'est de rendre le peuple heureux ». Ben le compte y est pas, lâche Pierre. Même pas du tout. Encore un abîme, je dirais. Les tournées s'enchaînent. Le bistrot retrouve les brouillards d'avant. Un décor de Truffaut. Une scène de Godard. On revoit Belmondo, la clope au bec. Au temps où l'on fumait encore dans les salles de ciné. Le Wurlitzer bringuebalant, qui n'a pas été reprogrammé depuis que les 45-tours ont disparu, crache « Allô Maman Bobo » et soudain chacun se met à chanter avec Souchon, hurler le chagrin qui leur ressemble : « *Je suis mal en campagne et mal en ville/ Peut-être un p'tit peu trop fragile.* » Quelques-uns se sont mis à danser. L'alcool anesthésie les colères. Les femmes rient fort, les hommes les trouvent jolies. Le troquet de Lolo devient une guinguette. Demain, il faudra retourner faire le vigile à Auchan, le surveillant à la maison d'arrêt de Douai, le préposé au tri des fruits et légumes à la coopérative. Demain, il faudra remettre l'uniforme jaune, retourner sur le champ de bataille, avancer toujours, reprendre la Bastille, faire tomber le gouvernement, organiser de nouvelles élections, retrouver la fraternité, le sel des hommes. Quand il marche dans la nuit froide et coupante pour rejoindre sa femme et leur fils, Pierre a des envies de larmes.

Bleu électrique

Le lendemain, Djamila s'était de nouveau assise sous le préau à côté de Geoffroy. De nouveau, elle lui avait fait entendre la chanson de Lennon, toujours interprétée par Davina Michelle, c'est ma youtubeuse préférée. Pour la première fois, elle avait vu le garçon sourire. Il était très beau. Tu devrais sourire plus souvent, avait-elle dit, et le sourire s'était aussitôt évaporé. Bien qu'il n'ait que 13 ans et elle-même 15, autrement dit une vie d'écart à cet âge-là, elle l'avait repéré dès le jour de la rentrée des classes. Il portait sur les oreilles un gros casque bleu électrique qui n'était raccordé à aucun appareil, elle avait trouvé cela curieux, c'est sans doute à cause de cela que les autres l'avaient moqué dès ce premier jour, oh le dèbe, il a oublié de brancher son casque, putain de golmon, il a pas le son, c'est l'miteux du mime Marceau, PTDR. À l'heure du midi, alors qu'on le charriait encore, il était allé se réfugier derrière le platane jusqu'à la reprise des cours et Djamila avait été bouleversée par son absence de colère, par le silence qu'il opposait à ses bourreaux. Loin d'y voir un signe de lâcheté, elle avait pensé que le garçon avait trouvé une façon de se rendre inatteignable. Inentamable. Vivre dans son propre monde était la seule façon d'en protéger toutes les promesses, toutes les richesses. Et elle, avec ses allures de biche, ses yeux vert véronèse, sa peau caramel, elle qui était déjà une gourmandise aux yeux des types qui la reluquaient et la sifflaient dans la rue, des Frères, des *khouyas* qui lui proposaient un tour en scoot, en caisse, une pipe dans le local à vélos, allez, fais pas ta bégueule, ça niquera pas ta virginité – Dieu n'avait donné aux hommes que des crocs et des griffes –, elle, avec ses allures de biche, rêvait toujours de tendresse, de lenteur encore dans ce monde magnifique et perdu qu'il ne faut jamais quitter avait dit Antarame la maman aux gâteaux de miel à son fils Hagop, l'enfant de 70 ans. Le monde de l'enfance. Ses grands frères, Bakki et Lizul, eux, l'avaient un matin brutalement déserté en abandonnant jeans et T-shirt pour le qamis. Ce jour-là, Ahmed Zeroual, leur père fatigué à la voix corrodée par trente ans de produits chimiques, leur avait dit je comprends, je comprends, mais pourquoi *wladi*, mes garçons, mes bons, mes beaux, pourquoi attirer l'attention ? Ce pays que nous aimons n'aime pas la différence et depuis les férocités ce mésamour est devenu de la haine. Restez donc dans la douceur de l'ombre. Bakki et Lizul avaient fièrement répondu que selon un hadîth le qamis était le vêtement préféré du Prophète. Le porter, c'était l'imiter en foi et en sagesse. Et que de toute façon, il y avait bien trop longtemps qu'on se laissait marcher dessus, papa, et toi aussi, regarde ce qu'ils ont fait de ta vie, regarde la peau de tes mains, les cendres de ta gorge, et le temps est venu que ce pays qui nous a attirés avec des os, comme on le fait avec les chiens, puis nous a frappé la gueule avec, accepte de nous voir. De nous respecter. N'oublie pas. Ils ont même placé la fille de l'éborgné au deuxième tour. La *mejnouna*. Alors les larmes d'Ahmed Zeroual avaient raviné ses joues amaigries et ses paluches déchiquetées avaient tremblé plus fort. Puis plus tard, dans le chagrin de la nuit, il avait de sa bouche laissé s'envoler un mot précieux. Une perle. *Smahli*. Il avait prié pour qu'elle se pose au creux de l'oreille de sa femme, la belle Lahna, dont le souffle s'était éteint quinze ans plus tôt, au moment même où s'était éveillé celui de leur fille. *Smalhi*. Je te demande pardon. Ma femme. Ma Lahna. Pardon ma très belle. Et dans ce monde où les pères craignaient à tout moment que la colère des fils ne devienne leur propre poison, ne les embrase et ne détruise tout autour d'eux, Djamila avait trouvé une île. Un bout du pays d'Antarame. Ce garçon. Elle avait décidé de s'y réfugier. Tu peux me raccompagner chez moi après l'école, si tu veux, lui avait-elle proposé alors qu'ils étaient encore sous le préau. Il avait répondu non. Non, je ne dois pas prendre des routes que je ne connais pas. Alors moi, je peux peut-être t'accompagner jusqu'à chez toi. Le garçon avait froncé les sourcils. Puis il avait dit d'accord. À la condition que tu ne marches pas de mon côté du trottoir. Que tu raccourcisses tes pas de treize centimètres, car d'après ta taille, tes enjambées doivent faire approximativement 75 centimètres alors que les miennes en font 62. Et que tu ne caresses pas le Jack Russel du 17 rue de la Rigole car je crois qu'il mord puisqu'il fait celui qui ne mord pas. Djamila avait éclaté d'un rire bouleversé et, presque par instinct, comme on se surprend à faire quelque chose parce qu'on n'a pas trouvé les mots qui exprimeraient ce qu'on voudrait chuchoter, elle s'était penchée vers lui et avait posé un baiser sur sa joue, oh, un baiser léger, de l'impesanteur d'une aigrette, un baiser que même sa mère n'avait jamais encore pu lui donner spontanément. Geoffroy avait alors eu une réaction ahurissante. Il n'avait justement pas réagi. Il n'avait pas crié. Ne s'était pas roulé par terre en faisant l'oiseau. En frappant ses oreilles. Il avait simplement tourné son visage vers la jeune fille et lui avait demandé tu es quelqu'un de gentil, alors ?

Jaune de rage

C'était son tour de garde. Louise avait passé la nuit du vendredi 14 au samedi 15 décembre 2018 à Thomazeau. Des râles à la 12, Marie-Christine Rambaud, 67 ans, épithélium glandulaire. Des cauchemars à la 8, Luis Pequeño, 88 ans, léiomyosarcome. Mais la traversée avait finalement été calme. Une nuit comme une autre. Pierre était donc resté avec son fils. Pendant le film, *About a boy*, Geoffroy lui avait demandé s'il manifesterait à nouveau le lendemain et son père avait répondu oui, et tu vas même venir avec moi, mon garçon, parce que ta mère n'est pas là, que personne ne peut te garder, et puis, ça te fera du bien de voir pour quoi on se bat, de quelles injustices on est les chiens. Faut que tu voies les vraies souffrances, tout ce qui râpe, que tu sortes un petit peu de ta tour d'ivoire. Geoffroy avait haussé les épaules parce que « tour d'ivoire » était une expression venue du Cantique des Cantiques qui évoquait « ton cou, comme une tour d'ivoire » et qui avait été pervertie par Sainte-Beuve dans un poème pour lui donner le sens qu'on lui connaissait aujourd'hui. Mais il s'était abstenu de tout commentaire. Il avait juste précisé qu'il pouvait se garder tout seul, il l'avait déjà fait, et de nombreuses fois. Il avait des livres, des DVD, des devoirs à préparer, il avait son amie Djamila, oui, ben Djamila, ça va bien cinq minutes, l'avait interrompu son père, tu n'as que 13 ans, elle est presque une adulte et puis sa famille n'est pas tout à fait comme nous, si tu vois ce que je veux dire. Ils sont français comme nous, papa, elle est dans la même école que moi. Arrête. Arrête. Ne commence pas à faire ton savant, pas avec moi, Geoffroy, et sa voix était devenue méchante, je suis ton père, tu obéis, c'est tout. Réveil 5 heures, départ 5 h 30. Alors Geoffroy n'avait rien ajouté parce qu'un père c'est la loi. À 5 heures précises le lendemain matin, Geoffroy était assis dans la cuisine, son casque anti-bruit bleu électrique sur les oreilles, sa doudoune déjà sur le dos. Il attendait, terrifié. Son père est descendu vingt minutes plus tard. Il a grommelé on va y aller. S'est fait un double expresso à la machine qu'il avait achetée pour presque rien à Auchan, un modèle d'exposition, plusieurs fois tombé, dont la coque était fendue en deux endroits. Il a bu une large rasade de Martell avant de glisser la flasque dans une poche de son gros anorak puis il est sorti dans le froid, Geoffroy sur ses talons. Dehors, le Kangoo de Tony patientait. Moteur au ralenti, feux éteints, vitres embuées – comme les voitures dans les films de braqueurs de banque. À son bord, Jeannot et Julie, bonnet sur la tête, gants de laine aux mains. Des

allures de voyous. Pierre et son fils se sont engouffrés à
l'arrière, dans le silence, et la voiture s'est diluée dans
l'obscurité. Elle a passé le rond-point où ils manifestaient depuis trois semaines. Des gars étaient déjà là,
qui se réchauffaient aux braseros, partageaient du café,
un peu de gnôle. Ils ont dégagé la barrière pour laisser
passer le Kangoo, poussé des cris de guerre. Jaune de
rage ! Résistance gauloise ! Sachons vaincre ou sachons
périr ! Pierre les a salués, amusé, comme une pop star,
et Tony a continué à rouler sur la départementale pendant une vingtaine de kilomètres. Il était 6 heures. La
ville dormait. Devant le centre des impôts, une voiture
était arrêtée. Coffre ouvert. Trois types. Ils fumaient
tous. Tony s'est approché d'eux au plus près, a coupé
le contact. Les cinq sont descendus du Kangoo. Il y a
eu des embrassades silencieuses. Rugueuses. Puis des
chuchotements. On s'est regroupé autour de la malle
ouverte. Tout était prêt. Alors Pierre a fait signe à son
fils d'approcher. C'est toi qui vas lancer le premier.
Geoffroy a regardé les bouteilles de bière fermées avec
des bouchons de liège, le goulot solidement étranglé par
des morceaux de chiffons. Il a senti l'odeur de l'essence.
Il a eu une grimace presque amusante. Puis il a tourné
son visage vers son père et a alors eu le même regard que
le barbet sur la table du vétérinaire. La même désespé-
rance au fond des yeux. Il a pris ses mots avec tout le
courage dont il était capable et il a dit non, je ne peux
pas faire ça, c'est interdit. Les autres ont guetté la réaction de Pierre. Il est resté calme. Il s'est penché pour

être à la hauteur de son fils. Il a essayé de poser ses deux grosses pognes sur les petites épaules, mais Geoffroy a reculé. C'est important que ce soit toi, tu comprends ? Tu es un symbole. Tu représentes l'avenir. Et c'est l'avenir de tous qu'on défend ici. Celui de Tony, de Julie, de Jean-Mi et de ses mômes. Mais c'est interdit, papa. On n'a pas le droit. Pierre s'est vivement redressé. Une digue a pété en lui. Changement de ton. Écoute, tu vas faire ce que je te dis et c'est tout. Il a aboyé LA LOI, C'EST MOI. LA LOI, C'EST NOTRE SOUFFRANCE À TOUS. Le corps de Geoffroy a amorcé un mouvement de balancier. JE SUIS TON PÈRE, TU OBÉIS. CE QUI EST INTERDIT, C'EST DE DÉSOBÉIR ! Alors je vais allumer le chiffon de cette putain de bouteille et tu vas me la balancer de toutes tes forces contre le mur. Là. C'est clair ? L'enfant a commencé à frapper son casque avec ses mains. Créer un bruit. Couvrir la voix de son père. Jeannot s'est avancé. Oh, commence pas à foutre la merde, toi ! Tu crois que les choses s'arrangent d'elles-mêmes, Geoffroy ? a poursuivi son père, les lèvres blêmes. Qu'il suffit de lire un livre ? D'écouter une chanson ? Mais grandis un peu, bordel, ouvre les yeux ! Faut faire la guerre pour obtenir une victoire. Pierre ! a crié Julie. Mais Pierre était sourd. Là, si on continue à s'écraser, si on accepte les miettes de l'autre, les cent balles, on est foutus. L'enfant était maintenant pris de soubresauts. Julie s'est interposée, a tenté de le prendre dans ses bras, mais il l'a repoussée. Alors elle a hurlé arrête Pierre, calme-toi ! c'est juste un môme !

Ouais ben c'est le mien, bordel, si tu savais en faire tu saurais ce que c'est, et Julie a persiflé tu es une merde, Pierre, une vraie merde, et Pierre, enragé, a mis le feu au chiffon, placé le cocktail Molotov dans la main de son fils et Geoffroy l'a lancé devant lui, à six mètres environ, encore loin du mur du centre des impôts. La bouteille, en se brisant sur les pavés, a répandu l'essence. Qui s'est aussitôt enflammée. Alors les gars ont lancé les autres bombes, le feu s'est accroché à la porte d'entrée et a très vite fait fondre l'enseigne en plastique. On a entendu des volets claquer. Des gens crier. Les deux voitures ont démarré sur les chapeaux de roues. Une sirène a retenti au loin. Dans le Kangoo, Geoffroy tapait sa tête contre la vitre. La coquille bleu électrique de son casque s'est cassée. Ses bras cisaillaient le vide. Tony a maugréé, t'as été trop loin ce coup-ci, Pierrot, faut que t'arrêtes, que tu te soignes, et Pierrot a alors dégueulé des mots qu'aucun d'eux n'avait jamais entendus dans sa bouche, des mots de père submergé, d'homme sans force, aux os mous, vous n'imaginez pas ce que c'est d'avoir un fils comme ça, un gamin qui vous regarde sans vous voir, qui pleure pas quand il se brûle, qui parle comme un livre, et vous ne savez pas s'il est débile ou s'il se fout de vous. J'ai jamais pu le prendre dans mes bras, ce gosse, je connais même pas l'odeur de sa peau, je ne sais même pas si elle est douce, et il s'est tu parce que les larmes noyaient sa gorge. Une loque, soudain. Je le ramène, a exigé Julie, dépose-moi, Tony. Pierre a marmonné. Thomazeau. Elle est là-bas, sa mère. Elle est de garde. Ce samedi de décembre en France, il y avait eu soixante-six mille personnes dans les rues. Face à eux, soixante-neuf mille policiers. Soit 1,045 flic par manifestant. On avait aussi compté le septième mort depuis le début des manifestations, à Erquelinnes, frontière belge. Un type, 58 ans. Encastré dans un camion qui faisait barrage. Et le huitième, si l'on ajoutait le cœur brisé d'un petit garçon.

Bleu hôpital

Louise est descendue à toute vitesse du cinquième et les a rejoints à l'accueil. Son regard a à peine croisé celui de Julie. Elle s'est précipitée vers son fils, l'a emmené à l'écart dans une salle d'attente dépeuplée. Il tremblait. Le barbet, toujours. Il a murmuré j'ai dû désobéir pour lui obéir. Elle lui a alors chuchoté les mots qui calmaient ses crises. Ses mots secrets. Mots de maman. Primitifs. Et puis lentement, comme la mer se retire, l'effroi s'est effacé, laissant le corps de Geoffroy exsangue. Il a cessé d'être agité. Son front était glacé. Louise a prévenu, je vais prendre tes mains, et les frotter doucement pour te les réchauffer et Geoffroy a dit j'ai très froid. Plus tard, il a délaissé le chocolat chaud qui n'avait pas le même goût que celui qu'il avait pour habitude de boire, mais il a accepté de s'allonger dans la salle de repos des infirmières parce qu'il y avait déjà dormi. Il a demandé si Djamila pouvait venir, Louise a promis qu'elle l'appellerait et Geoffroy a dit je te crois. Parce qu'une promesse c'est un serment et qu'un serment c'est solennel et que solennel, maman, ça veut dire grave, et important aussi. Louise a souri. Son fils était revenu. Sain et sauf. Plus tard encore, lorsqu'elles se sont retrouvées seules, Julie a raconté. Ses lèvres frémissaient. Elle a rapporté le pétage de plombs de Pierre. Le cocktail Molotov. La crise de l'enfant. La fuite, quand les flammes ont commencé à dévorer la porte du centre des impôts. Elle a précisé que c'est elle qui avait voulu sortir son fils de là. Le lui amener. Que Pierre pleurait dans la voiture. Qu'il semblait perdu. Déchiqueté. Alors Louise l'a arrêtée. J'ai pensé que ça lui ferait du bien de te baiser et je l'ai laissé faire parce que entre mes patients qui se vident sur eux tellement ils ont peur de crever, et mon fils, cette formidable espérance, si épuisante, je n'avais plus trop le corps à ça. Mais au lieu de simplement lui donner ce que les hommes veulent, tu as voulu le consoler, Julie. Sainte Julie. Patronne des hommes perdus. Des pères dont les fils ne sont pas tout à fait comme les autres. Des maris que les femmes ne sucent plus à la demande. Sainte Julie, sauve-moi, sauve-moi, comprends-moi. Et pour le comprendre, ça, tu l'as bien compris, Pierre. Tu l'as encouragé dans ses colères, tu en as même fait un sérieux gilet jaune, dis-moi, un vrai leader, capable de tabasser l'essuie-glace d'un 4 × 4, de bloquer un pauvre type qui va chercher sa fille à la gare parce que sa mère vient de mourir, et de forcer son petit garçon à balancer un cocktail Molotov sur un bâtiment ! Mais qu'est-ce qui vous a pris, bordel de merde ! Ça ne vous suffisait pas de coucher ensemble, il a fallu que vous vous en preniez à mon fils ? Louise a soudain porté la main à sa bouche, comme si elle voulait retenir ses mots. Toute sa rage. Pardon. Pardon. Elle a inspiré amplement. Plusieurs fois. Elle s'est calmée. Tu te trompes, Julie. C'est pas un déchiqueté, Pierre, c'est un lâche. Juste un lâche. Et tu lui as fait croire qu'il était courageux. C'est ça que je ne te pardonne pas. Tu peux le garder maintenant. Je n'en veux plus. Il est devenu toxique, il est devenu comme toi. Méchant. Oui. Méchant. Alors Julie, en larmes, s'est enfuie en courant, comme on cherche à fuir une coulée de lave dont on sait, malgré toute la puissance que l'on met dans sa course, qu'elle finira tôt ou tard par vous rattraper et vous incendier entièrement.

Lilas

Te souviens-tu de notre rencontre, Pierre ? Ce jour d'effarement quand la tête du cyclope est apparue sur l'écran et que nos rêves se sont brisés net. La foule m'avait poussée. Je m'étais cognée contre ton corps solide. Tu avais l'air aussi désemparé que moi. Tu étais beau, et triste. Cette tristesse, c'est ce que j'ai trouvé le plus beau chez toi. J'ai voulu y goûter, je t'ai embrassé, je t'ai suivi. À l'aube, nous avions atteint le point de fusion, alors je suis devenue ta femme et je ne t'ai plus jamais quitté. Nous avons vécu trois ans une sorte de conte. Je n'avais jamais froid avec toi. Je n'avais jamais peur. J'étais importante. J'étais belle. J'étais rare. Dès que retentissait le soir la sonnerie de l'usine, tu courais me rejoindre. Tu ne voulais pas me perdre une seconde de plus, disais-tu. Et tu me faisais l'amour dans l'entrée, dans la cuisine, dans l'escalier, affamé et délicat. Tu volais pour moi des lilas dans les jardins. On avait remisé nos espérances d'un monde plus juste. On s'est concentrés sur nous. On a essayé de partager notre joie.

C'est pour cela que j'ai voulu travailler à Thomazeau. Donner de la joie à ceux qui arrivaient au monde, et maintenant à ceux qui le quittent. Plus tard, quand je suis tombée enceinte, tu as été la définition même de la tendresse. Je me rappelle les fraises de nuit. Le berceau que tu as fait de tes mains, tu en parlais comme d'un ventre d'homme qui accueillerait son petit. Les comptines d'Henri Dès que tu apprenais par cœur. Tu avais encore mille douceurs dans les yeux. Puis Geoffroy est né et ta colère est revenue. Il criait lorsque nous essayions de le prendre dans nos bras et nous n'avons pas pu le bercer. Nous n'avons pas plongé le nez dans son cou, jamais senti son odeur de talc et de brioche. Nous avions un enfant différent et cela a fait de toi un homme différent. Tu as cassé le berceau de bois. Tu n'as jamais chanté aucune des chansons d'Henri Dès. Tu es parti retrouver Julie alors que je te suppliais d'être patient. Tu n'as plus jamais été avec nous. Regarde ton fils aujourd'hui. Regarde-le. Il est beau. Il est intelligent. Il est doux. Il vit dans un monde où nous avons notre place, toi et moi. Un monde d'arbres et de vent, de mots savants, un monde où le mal, la colère et la violence n'existent pas. Ce monde qu'on a tous perdu, qu'on cherche désespérément à retrouver. Et puis il est très amoureux, bien qu'il n'utilise pas ce mot car l'amour échappe à sa logique, très amoureux d'une fille aussi extraordinaire que lui. Nous avons un fils merveilleux, Pierre, et tu ne le vois pas. Tu lui fais faire des choses qui appartiennent à ta colère. Tu lui as fait du mal. Je te demande de partir maintenant. Que ta violence aille en consumer d'autres que nous. Pierre n'a pas dit un mot. Il n'a pas essuyé ses larmes. Quand Louise s'est tue, il s'est levé, il est monté prendre quelques affaires puis il est sorti, sans claquer la porte, sans faire de bruit, sans rien, comme s'il n'était jamais passé.

Verts

La forêt d'Hagop Haytayan s'étendait sur vingt-deux hectares — c'est très vaste, avait commenté Geoffroy, parce que pour être appelée forêt, la superficie doit être au minimum de cinquante ares. En dessous, on parle d'un bosquet. Tout comme celles du Massif Central, les forêts du nord-est de la France possèdent les peuplements les plus diversifiés. Regardez, avait indiqué Hagop, là, ce sont des chênes pédonculés, et là-bas, derrière, des chênes rouvres, des jeunes alors, l'avait interrompu Geoffroy, ils ont moins de soixante ans, sinon ils auraient déjà fructifié, or, on ne trouve aucune cupule de gland au sol, et Djamila avait regardé le vieil homme en riant, il est fou, il est fou, et le garçon avait continué ses investigations, lui avait signalé des bolets et des cèpes au pied des arbres, dans les racines noueuses, des champignons comestibles, sauf le cèpe diabolique, heureusement assez rare, avait-il expliqué, et sur certains troncs malades, il avait désigné des amadouviers. Leur nom, avait-il précisé, vient du provençal *amadou*,

98

qui veut dire amoureux, à cause de sa chair qui s'enflamme facilement. Je suis une amadouvière, alors ? avait demandé Djamila en rosissant, mais la question n'avait pas semblé atteindre le petit botaniste trop occupé à distinguer maintenant des ganodermes luisants et autres amanites, c'est une amanite d'ailleurs qui a tué Charles VI en 1740, à la mort duquel l'Europe a changé de destin, avait-il commenté, mais en vain, puisque ni Hagop ni Djamila n'y avaient vraiment prêté attention. À l'ouest, il y avait une rivière poissonneuse. Truites, ombres et chevaines. Tu sais tout d'ici, avait dit Djamila, faire un feu, cuire une bête, filtrer l'eau. Et ce que tu ne sais pas, Hagop le sait. La forêt nourrissait. Comblait. Elle protégeait. Et parfois, la nuit, elle chantait. Avec Hagop, ils avaient replanté le potager saccagé par l'orage violent. Geoffroy avait tenu à repiquer les légumes par couleur. Les ocres d'abord. Pommes de terre, céleris-raves, topinambours. Puis les rouges. Radis, tomates, aubergines, betteraves. Enfin les verts. Choux, laitues, épinards. Un jour, alors qu'ils sarclaient, Hagop et lui avaient évoqué l'écrivain Thoreau, la cabane qu'il avait commencé à construire en 1845, pour vingt-huit dollars et douze *cents*, près de l'étang de Walden, son envie d'y mener une vie toute de simplicité et d'indépendance. Une vie qui aura duré deux ans et deux mois, avait précisé Geoffroy. Pff, petit joueur ton Américain, avait commenté Hagop en riant, moi, ça fait cinquante ans que je vis cette vie-là. Et Djamila et Geoffroy s'étaient alors dévisagés. Heureux. C'était là qu'ils voulaient vivre. À l'abri de la fureur des pères. De l'agitation des hommes. Loin de tous les tremblements. Loin de ce pays qui brûle tous les samedis. De la haine qui rôde. De la misère. De la pauvreté – à propos de pauvreté, le garçon avait lu cette expérience menée dans une prison : on avait aligné des prisonniers face à l'équipe des bibliothécaires bénévoles. À chacune des personnes présentes, l'animateur avait demandé : Ceux qui ont connu une forme de violence dans leur famille, n'importe laquelle, faites un pas vers l'autre équipe. Et tout le monde avait avancé d'un pas. Qui a connu des problèmes graves, de près ou de loin ? Chacun avait fait un second pas. Des histoires d'abus ? Tous, un troisième pas. Et enfin qui a connu la pauvreté ? Et là, seuls huit prisonniers sur neuf avaient fait un dernier pas. Les bénévoles n'avaient pas bougé. C'était la pauvreté qui séparait les hommes. Qui les divisait. Engendrait les ultimes violences. Il y avait huit millions et demi de pauvres en France. En face, un Premier ministre qui prenait un jet privé pour parcourir 255 kilomètres. Une haut fonctionnaire qui dépensait 48 000 euros en taxis alors qu'elle avait une voiture de fonction et un chauffeur. C'était l'indécence qui faisait le plus mal. Qui rabaissait encore davantage les perdants. Les mutilait. Djamila et Geoffroy ne voulaient pas être de ce monde sans issue. Ils voulaient tracer le leur. Et comme Hagop, ne dépendre que d'eux-mêmes pour vivre. On avait bien moqué ces types qui, dans les années 70, étaient partis dans le Larzac non seulement pour lutter contre l'armée qui convoitait quatorze mille hectares de terrain, mais parce qu'ils voulaient choisir leur avenir, ne pas laisser le profit guider le monde. Aujourd'hui, tous en rêvaient de ce monde-là. Ici, avait conclu Geoffroy en désignant l'immensité de la forêt, se sont installés le silence et la paix. Ici, je suis chez moi. Au pays d'Antarame. Sur la terre de la Pachamama.

Aigue-marine

Bien sûr, après que Louise lui a demandé de partir, Pierre a filé chez Julie. Elle l'a accueilli sans joie. Dans la cuisine, ils ont bu du vin en silence. Les mots étaient inutiles. Le sac qu'il avait posé dans l'entrée avouait les défaites. Plus tard, elle avait préparé une salade, cuit quelques saucisses et ils avaient mangé devant le journal télévisé. Un très vieux couple. Plus tard encore, alors qu'il faisait la vaisselle, elle avait allumé une nouvelle cigarette et avait dit tu peux rester quelques jours, Pierre, le temps de trouver quelque chose, mais je ne te veux pas ici. Il avait dit je te remercie, Julie. Je partirai bientôt, avant Noël. Plus tard encore, dans la chambre, dans le lit, il avait essayé de lui faire l'amour et elle l'avait repoussé doucement, alors il s'était masturbé à côté d'elle. Elle sanglotait. Ça avait été un moment d'une infinie désolation. Le 22 décembre, il n'y avait eu que 38 600 manifestants en France dont 2 000 à Paris. Près des Champs-Élysées, un policier avait sorti son arme et visé des manifestants qui s'apprêtaient à lyncher deux collègues motocyclistes. Le mouvement s'essoufflait. On préférait désormais dépenser en cadeaux l'argent qui manquait, livres, parfums, téléphones, qu'on retrouverait quelques heures après sur eBay. L'odeur de la dinde couvrait celle, fortement poivrée, des grenades lacrymogènes. Le gel retenait les gens chez eux. Étourdissait la grogne. C'était triste une lutte qui échouait dans le froid. La nuit du 24 décembre, Pierre, Tony et sept autres avaient passé le réveillon sur leur rond-point. Ils ne stoppaient plus les voitures. On klaxonnait. On se saluait. C'était tout. Parfois, on s'arrêtait pour leur offrir une bouteille de mousseux ou de vin blanc. Du café chaud. On annonce moins trois pour cette nuit, les gars ! Courage ! On leur avait même donné une bourriche d'huîtres, douze douzaines, des creuses de Bouzigues n° 4. Et des bonnets en laine, rouge et vert, tricotés par quelques grand-mères comme les leurs l'avaient fait pour leurs garçons partis à la guerre, soixante-dix ans auparavant. Pierre ne gueulait plus. Il était malheureux. Il était là pour ne pas disparaître. Marquer son territoire, comme un clebs. Parfaitement, Tony, comme un clebs. Là pour proclamer qu'il était encore un homme debout. Un homme fier. Avec des rêves. Des convictions. Mais la dignité était soluble dans le mépris. Alors il fallait lutter contre le mépris. Le jeune président avait acheté l'âme des guerriers, il les avait eus pour un billet de cent tandis que le petit ministre de l'Action et des Comptes publics, d'après ce qu'avait entendu Tony à la radio, confiait becqueter au restaurant pour deux fois plus. Et encore, sans le pinard. Vers minuit, ils avaient chanté *Petit Papa Noël*. Ils avaient imité Le Luron imitant Tino Rossi. Ils commençaient à être bien faits. L'ivresse rendait invincible. Le combat reprendrait en janvier, ouais, ils auront intérêt à nous respecter, ouais, grave, et qu'on nous rende les 48 000 euros de taxis de l'autre débris, là, et les 35 000 euros de la pistoche du président qu'aime pas se baigner dedans, avait crié Tony avant de s'effondrer, ivre, la gueule la première dans l'herbe humide. Pierre et un autre l'avaient porté jusqu'au siège arrière de la voiture, ils avaient mis le contact, le chauffage au maximum. Vers 3 heures, cinq gars étaient rentrés chez eux. Faut pioncer un peu, avaient-ils expliqué, les mômes vont bientôt se réveiller. On veut être là quand ils ouvrent les cadeaux. Allez, salut. Deux autres cuvaient dans les bagnoles. Pierre avait peint en jaune fluorescent sur l'asphalte de la départementale les mots de son chagrin. Parmi eux, il y avait le prénom de sa femme. Puis il avait regardé le jour se lever sans bruit. L'obscurité se fendiller. Les lueurs au loin. Le ciel était sans nuage. Les premiers rayons révélaient les gelées de la nuit, la dentelle blanche qui caressait la terre. Les cheminées fumaient là-bas et la fumée dessinait des traîneaux et des caribous. Pierre s'était senti incroyablement seul. Il avait marché vers le jour. Jusqu'au moment où le soleil avait cogné son visage et réchauffé sa peau. Alors, épuisé, il s'était laissé tomber sur les genoux, comme on le fait pour une prière. Une ambulance était passée au loin, sirène muette, gyrophare bleu dans ce qui restait de nuit. Des éclats aigue-marine. Pierre avait imaginé qu'elle emportait de lui toute son amertume et le laissait là, nouveau-né avec une vie à refaire. À son retour sur le rond-point, les deux derniers types s'étaient barrés. Il avait réveillé Tony. Gueule de bois. Scie égoïne dans le crâne. Langue en carton bouilli. Il est sévère le blanc. Saloperie. Installé au volant du Kangoo, Pierre avait conduit jusqu'à chez son ami, là où il habitait désormais. Il l'avait douché. À cause des vomissures. Hé, en profite pas pour me toucher la bite, avait baragouiné Tony en se tordant. Puis Pierre l'avait couché. Doliprane 1000. Deux cachets. Lui s'était allongé sur le canapé et, avant de s'endormir à son tour, alors que dans les maisons voisines les enfants émerveillés s'apprêtaient à découvrir leurs cadeaux sans savoir qu'il faudrait se priver dans les semaines à venir, il avait repensé à l'ambulance qui filait, aux éclairs bleus, cette ambulance qui emportait sa part sombre. Un signe. La colère venait toujours des autres, s'était-il dit, ils tisonnaient une part de nous, incontrôlable, et il fallait l'empêcher de nous becqueter. De nous ratatiner. Alors Pierre s'était mis à s'imaginer qu'il y avait d'autres façons de combattre. De sauver sa peau. Il voulait réparer désormais. Il voulait retrouver sa femme. Et rencontrer son fils.

Caramel

La première fois que Djamila avait raccompagné Geoffroy jusqu'à chez lui après l'école, elle s'était tenue de l'autre côté du trottoir, exactement là où il le lui avait demandé et lui, comme un petit funambule, marchait sur les bordures larges de dix centimètres, lesquelles, jusqu'à sa maison, figuraient au nombre de 922. Chacune d'elles faisait un mètre de longueur, il lui fallait donc exactement 1 487,5 pas pour arriver chez lui – le demi-pas étant à mettre au compte d'une enjambée plus courte, à la hauteur de la boîte aux lettres jaune de la rue du Lavoir, afin de ne pas avoir à marcher sur le joint de ciment qui séparait deux bordures. C'est très précis, ton calcul, s'était amusée Djamila. Geoffroy avait opiné, satisfait. Il avait précisé que, si elle parcourait ce chemin sans lui, elle aurait 258 pas de moins à couvrir. Mais j'aime faire 258 pas de plus avec toi, avait-elle rétorqué. J'aime marcher avec toi. J'aime être avec toi. Et le garçon n'avait rien osé ajouter parce que quand une grande de 15 ans vous avouait ce genre de choses, il était difficile de savoir quoi dire. D'ailleurs, il lui avait semblé que « aimer être avec toi » était indéfinissable. À moins de considérer que dans cette expression l'accent était davantage mis sur « aimer » que sur « avec toi », ce qui, dans le cas présent, revenait à dire que Djamila s'aimait elle, avec moi, plus que moi, avec elle. Elle ne parlait pas d'amour. Juste de son bien-être. Décidément, les mots étaient complexes. Les chiffres, eux, étaient tellement plus simples. Lorsqu'elle m'avait dit qu'elle aimait faire 258 pas de plus avec moi, j'avais compris. Est-ce que les mots compliquent les choses, Djamila ? La jeune fille avait ri en le regardant, de ce rire clair de source, selon Hagop Haytayan. Un rire qui nettoyait la grisaille du monde. En chemin, elle lui avait demandé s'il avait toujours habité là. Dans cette maison. Depuis que j'ai 1 an, avait-il répondu, l'année où mon père a perdu son travail à l'usine. On a dû déménager. Djamila avait eu une moue contrariée. Puis elle avait dit qu'elle avait deux grands frères, Bakki et Lizul, et qu'eux, par contre, aimeraient bien que leur père perde son travail, parce qu'il était employé dans une usine chimique et que les produits le tuaient à petit feu. Qu'il avait la peau des mains brûlée, malgré les gros gants de protection. Et des trous dans la voix. Les deux enfants avaient alors marché quelques instants sans rien dire. Dans leur chagrin jumeau. Puis elle avait raconté que sa maman était morte en lui donnant la vie et Geoffroy avait dit que sa maman aidait les gens à mourir. Une fois encore, les deux enfants s'étaient tus un instant. Unis dans les mêmes mots. Quelques pas plus loin, à la faveur d'une poubelle à contourner, Djamila en avait profité pour se rapprocher du garçon. Tu as des frères et sœurs ? Geoffroy avait eu une moue, comme s'il avait cherché à sélectionner une réponse dans sa tête. Comme je suis un peu bizarre, je crois que mon père n'a pas voulu d'autre enfant. Elle s'était approchée un peu plus près encore. Tu es moins bizarre que beaucoup de gens. Je te trouve drôle. Intelligent. Et très beau. Est-ce que je peux prendre ta main ? La respiration du garçon s'était accélérée. À part sa mère, personne ne lui avait jamais posé cette question. Je suis arrivé, avait-il lancé, soulagé. Ma maison est juste là. Djamila l'avait trouvée ravissante, avec les bacs de géraniums aux fenêtres et les rideaux assortis. Hier, tu m'as demandé si j'étais quelqu'un de gentil. Je te réponds oui, Geoffroy. Je suis gentille. Je veux être ton amie. Et même plus. Et elle avait lancé à demain ! en tournant sur elle-même, dans un petit entrechat gracieux – sa jupe avait semblé s'envoler, découvert un très court instant ses longues jambes couleur caramel, ses joues s'étaient mises à brûler et son cœur de jeune fille à battre la chamade.

Chocolat

La deuxième fois que Djamila avait raccompagné Geoffroy après l'école, elle s'était tenue plus près de lui et le garçon n'avait noté aucune incommodité. Il avait simplement dit je dois te faire penser au renard et sur le coup elle n'avait pas compris l'allusion. Plus loin, au niveau du 37 de la rue Tirleroy, il avait remarqué que l'aile avant gauche de la Golf noire avait été cabossée. Au 41, que le courrier n'avait pas été relevé depuis deux jours. Tu vois tout, toi, avait-elle observé, malicieuse. Et moi, est-ce que tu me vois ? Le garçon n'avait pas tourné la tête. Il avait continué à regarder ses pieds en équilibre sur les bordures du trottoir afin de prévenir toute contrariété. Une crotte de chien. Une peau de banane. Des morceaux de verre. Tu as des yeux vert véronèse et je trouve que c'est la plus belle couleur du monde. Tu as des cheveux très noirs, qui contiennent donc beaucoup de mélanine. Je pourrais dire aussi des cheveux de jais parce qu'ils sont d'un noir brillant à reflets bleu métallique. Dans les livres, les écrivains comparent cette

couleur à celle des ailes de corbeau. Je n'aime pas les corbeaux. Ils crèvent les yeux des brebis et des agneaux. Tu
as des jambes très longues et ta peau a la couleur de certains sables, entre le bois et le bistre. Tu avais des ongles
couverts de vernis corail mais depuis que tu es venue
t'asseoir à côté de moi sous le préau, tu n'en as jamais
plus mis. Tu as des lèvres framboise, que tu mordilles de
temps en temps, comme un bonbon. Les gens timides
font ça parfois. Tu as des chaussures avec des talons de
cinq centimètres, ce qui fait de toi la plus grande de ta
classe. Tu les possèdes en trois couleurs. Noir. Beige. Et
rouge. Sauf que les rouges, tu ne les as portées qu'une
seule fois. Tu as – Djamila l'avait interrompu d'un murmure. Tais-toi. Deux mots d'une prière. Elle lui avait
pris la main et il s'était laissé faire. Curieux. Il avait bien
vu qu'elle pleurait. Mais il n'avait pas compris pourquoi. Ils avaient marché en silence jusqu'à la petite maison avec des géraniums aux fenêtres. Le vent avait séché
les larmes de la jeune fille. Elle ne voulait pas le quitter. Pas maintenant. Pas retrouver la cité. Les garçons
qui s'attrapaient les couilles à travers le survêtement et
invectivaient, eh, tu la veux ? Elle lui avait demandé si
elle pouvait entrer chez lui. Voir sa maison. Sa chambre.
Ses livres. Il avait froncé les sourcils, comme à chaque
question difficile. Puis après avoir trouvé la bonne
connexion, il avait répondu non, je dois goûter d'abord.
Elle avait souri. J'aimerais bien goûter moi aussi. J'ai un
peu faim. Je bois toujours un bol de chocolat chaud en
rentrant, avait-il poursuivi. J'adore le chocolat chaud,

avait-elle précisé, à la maison mon père ne fait que du thé à la menthe, très sucré, avec un arrière-goût de brûlé. Nouveau froncement. Sa décision, enfin. Je crois que les gens gentils peuvent entrer dans ma maison. Maman ne me l'a jamais interdit. Sur la table de la cuisine, le garçon avait aligné le pot de lait chaud, la cassonade et la poudre chocolatée. Puis il avait versé équitablement le blanc, le doré et le marron dans deux bols. Djamila avait demandé sur quelle chaise elle pouvait s'asseoir, il avait répondu qu'il ne savait pas, que ce n'était encore jamais arrivé. Tu n'as jamais eu un copain ou une copine chez toi ? Non. Mais quand il y a des invités, ils s'asseoient au salon. Djamila l'y avait suivi. Ils s'étaient installés, avec leur bol de chocolat chaud. Elle avait trouvé joli le tableau accroché au mur. Il représentait un moulin à vent sur un fond de soleil couchant. C'est mon grand-père qui l'a peint, avait-il dit, je le trouve horrible. Le ciel, on dirait de la bouillie de carottes. Et puis l'ombre de l'aile, là, elle est bien trop haute, elle devrait être sur le chemin vu la position du soleil, un angle de 20 degrés maximum. Djamila avait posé le bol sur la table basse devant elle. Elle avait regardé le garçon longuement. À nouveau, elle avait ressenti cette brûlure aux joues. Elle ne se l'expliquait pas. Elle avait 15 ans. Dehors, les hommes voulaient la doigter. La sauter. La bouffer. Aucun d'eux n'avait jamais vu la couleur de ses chaussures. La nuance du noir de ses cheveux. Le sable de sa peau. Sa voix s'était cassée lorsqu'elle avait dit au garçon qu'elle aimerait qu'il n'y ait que lui sur la terre.

Noir

La troisième fois que Djamila avait raccompagné Geoffroy, il était prévu qu'après le bol de chocolat chaud, il l'aide pour les mathématiques à cause d'un DST le lendemain. Elle s'embourbait dans le théorème de Thalès, aïe, aïe, aïe, la corrélation entre la proportionnalité des longueurs et le parallélisme, mouais, ben c'est pas drôle, Geoffroy, c'est du chinois, disait-elle, je ne comprends rien, la partie directe, la partie réciproque. Facile, avait rassuré le garçon en souriant, tu dois commencer par maîtriser le produit en croix, autrement dit la règle de trois, c'est un mantra la règle de trois, et elle l'avait regardé, dubitative – mantra, un mot qui vient du sanskrit, qui veut dire « instrument de pensée », mais il n'avait pas osé donner cette information à Djamila, de peur de compliquer les choses – mais voilà qu'elle avait fini par rire, on peut peut-être attendre d'être chez toi pour commencer, non ? et il avait opiné, tu as raison, le chocolat chaud d'abord. Cet après-midi-là, ils avaient parcouru les 1 487,5 pas en se tenant cette fois par la main, sauf pendant seize secondes, huit fois deux secondes exactement, qui correspondaient aux huit fois où ils devaient se lâcher avant de se reprendre, à cause des six poteaux de panneaux de signalisation et des deux arbustes qui ponctuaient le parcours. Elle avait dit, et c'était une chose à laquelle elle avait beaucoup réfléchi, tenir la main, ça ne veut pas dire qu'on se tient par la main, comme on s'accroche ou se cramponne, ça veut dire qu'on tient à celui dont on tient la main. Elle avait alors aspiré un grand volume d'air comme avant un saut dans le vide et elle avait ajouté, et moi, je tiens à toi, Geoffroy. Je tiens à toi. Et si parfois je me dis que tu ne comprends pas les sentiments parce qu'ils ne s'expriment pas en chiffres, qu'ils n'ont pas de logique, je sais que tu m'as laissée être ta seule amie et je t'en remercie. Le garçon avait réfléchi. Si, avait-il fini par dire. Je comprends. Les sentiments, c'est quand on a envie d'être seul, par exemple. Ou avec quelqu'un. Alors Djamila avait serré sa main plus fort encore, presque à la broyer, comme si elle avait voulu coller leurs paumes l'une à l'autre. Soudain, de l'impasse Jacquart, avaient surgi trois garçons du collège, les visages féroces. Ils leur avaient aussitôt barré le chemin. L'un avait bousculé Geoffroy. Alors le golmon, on fricote avec la bombasse, on veut la ken ? Djamila avait crié. Mais allez chier, lâchez-nous, merde ! Ta gueule la rabza. Pis qu'est-ce que tu branles avec un taros comme lui ? Me touche pas ! Geoffroy commençait à frapper sa tête avec ses mains. Regarde-le, le mongolito, y nous fait son *Rain*

Man. Mais foutez-lui la paix, bande de connards. Oh, mais c'est qu'elle a du vocabulaire, la meuf. Mais putain, vous êtes malades, arrêtez les mecs. C'est ton amoureux, c'est ça ? C'est ça, tu kiffes les nains ? Et le garçon avait attrapé Geoffroy par les cheveux. Geoffroy avait beuglé. On lui avait balancé une grande baffe, sa lèvre s'était mise à saigner et Geoffroy s'était tu. Recroquevillé. Le garçon lui avait alors foutu son téléphone portable sous les yeux. Les autres se tapaient des barres en immobilisant Djamila qui se débattait en vain. Qui crachait. Eh gogol, mate, mate ça, elle te fait ça la salope de l'école, elle te suce comme ça ? Sur l'écran du portable, un film porno. Une main de femme qui porte à sa bouche une énorme queue. Mais toi t'en as une toute petite. Un cure-dent. La bouche suce, engloutit, semble avaler le sexe. Djamila crie. Mais arrêtez, nom de Dieu ! Nom de Dieu, de Dieu, c'est Allah que tu devrais prier, pouffiasse. La bouche de la femme va exploser. Mais c'est la queue qui explose. Le sperme coule sur les joues. Regarde, le dèbe. L'amour. Il crie. C'est ça l'amour ! La femme est à quatre pattes maintenant. L'homme la pilonne. Regarde bien, connard. Mon passage préféré. Tu devrais l'enculer toi aussi. Regarde comment on fait. Y paraît que les Arabes aiment ça. Geoffroy pousse un bêlement d'agneau dont un corbeau serait en train de dévorer les yeux. Son corps glisse des mains de son bourreau. Il tape sa tête sur le trottoir. Écume aux lèvres. Mousse blanchâtre. À cent mètres, une femme crie. J'appelle la police ! Les voyous donnent chacun

un coup de pied au garçon. Côtes. Ventre. Entrejambe.
Puis s'enfuient. Geoffroy ne sent pas la douleur. Il ne
sent plus le sang dans ses veines. Il hurle mais aucun
son ne jaillit plus de sa gorge. Ce silence est affreux.
Son visage déformé. Terrifiant. Lui d'ordinaire si beau.
Presque liquide maintenant. Djamila s'agenouille près
de lui. Ses mains tremblent. Ses mains n'osent pas
le toucher. Elle ne sait pas quoi faire. Elle est perdue
elle aussi. Elle aussi voudrait être cette même mouette
engluée que Geoffroy dont les bras battent maintenant
l'asphalte sans qu'il parvienne à s'envoler. À quitter ce
ventre de haine. Cette boue des hommes. Elle s'allonge
sur le trottoir et de ses ailes essaie de couvrir le garçon.
De l'apaiser. Le réchauffer. Alors, venue de racines
qu'elle ne soupçonne même pas, d'un monde immémo-
rial, monte de ses lèvres cette comptine dans une langue
qui lui est inconnue :

وموم ايد ينيذ

ومدع يجتىتد

ةيديملاف وبوب

ةينيصلاف اقاق

et que l'on pourrait traduire par « Dors, mon bébé/
Jusqu'à ce que ta mère arrive/ Le pain est sur la table/
Les bonbons sont sur le plateau. » Mais Djamila ne
sait pas ce qu'elle chante. Elle chante comme on prie.
Comme on cherche à sauver l'autre. Et puis des gens
étaient venus. On les avait conduits aux urgences. On

avait prévenu Louise. On avait prévenu Ahmed. Et ces deux-là s'étaient rencontrés dans un couloir blanc et bleu. Ils s'étaient pris dans les bras l'un de l'autre, avant même d'échanger un seul mot. La frayeur des parents est un langage. Une terre d'asile. Puis un médecin les avait rassurés. Un gendarme expliquait l'agression. Oui, des élèves du collège. Des garçons de troisième apparemment. Une bagarre idiote. Votre fille les a reconnus, monsieur. Mais elle hésite à livrer les noms. Ma Lahna, ma Belle, ma Précieuse, avait alors chuchoté l'homme à la voix trouée, aux mains à la peau brûlée, que tu manques. Que tu manques au monde et à notre fille de beauté. La radio du crâne de Geoffroy n'avait révélé aucun traumatisme, aucune fracture. On lui avait injecté un sédatif. Il dormait et Louise tenait sa main comme l'avait fait Djamila lorsqu'on tient à celui dont on tient la main. Plus tard, la jeune fille avait frappé à la porte de la chambre. Elle avait demandé des nouvelles de son ami et Louise l'avait apaisée. L'avait remerciée d'avoir essayé de protéger son fils. Djamila avait expliqué la malfaisance des garçons. Les images sales. Les outrages. Les enfants ont toujours été très méchants avec lui, avait dit Louise. La différence fait peur, Djamila. Elle donne le sentiment aux autres d'être privés de quelque chose et au lieu de s'en nourrir, ils préfèrent la détruire. On cogne mon fils. On assomme un homosexuel. On tabasse un Noir. Un Arabe. On frappe tout ce qui risquerait de révéler qu'on n'est pas si extraordinaire que ça. La peur de l'autre, c'est la peur

116

d'être soi-même médiocre. La jeune fille n'avait pas essuyé ses yeux. Elle se noyait. Louise avait tendu ses bras et recueilli ses larmes. J'espère que tu continueras à être son amie, Djamila. De tout mon cœur. Parce que depuis qu'il te connaît, pour la première fois de sa vie, il semble aimer la vie.

Bleu clair

Quelques mois plus tard, de nouveau à l'hôpital, mais pour y passer le réveillon, cette fois. Louise était de garde à Thomazeau. Dans la matinée, Luis Pequeño, 88 ans, léiomyosarcome, était revenu, avait retrouvé sa chambre au cinquième. Son lit face au mur bleu. Un bleu menteur, un bleu clair qu'on associait souvent à la guérison. Je pensais que j'aurais la force, a dit sa femme, mais non. Je veux pouvoir rentrer chez nous et l'imaginer rire encore. Râler parce que le journal n'a toujours pas été livré. Les yeux de madame Pequeño étaient gorgés d'eau. Un plongeon dans le chagrin. Je ne supporterais pas de l'entendre agoniser. Le voir s'agiter. S'éteindre. Alors je préfère qu'il soit avec vous. Je sais qu'il sera bien. Elle a sorti une bouteille de champagne de son cabas. Posé un baiser délicat sur le front de son mari. Lâché à l'année prochaine, mon chéri ! dans un petit rire triste, comme si ces deux mots avaient le pouvoir de créer un gigantesque espace de vie – l'année prochaine, vous vous rendez compte, c'est loin. Une longue espérance. Puis elle s'est engouffrée dans l'ascenseur et elle n'est jamais plus revenue. Le bureau des infirmières était décoré de guirlandes. Un petit sapin en plastique. Des mots avaient été calligraphiés au feutre lavable sur les vitres – bonheur, amour, nouvelle année, nouvelle vie. Les familles avaient offert des bûches et des gâteaux. Du champagne, comme madame Pequeño. Et des petits cadeaux trouvés à « Tout à 1 euro ». Brigitte avait fait une playlist de chansons joyeuses sur son téléphone. Entre deux visites dans les chambres, les infirmières dansaient en gloussant et Geoffroy, assis dans un coin, un nouveau casque anti-bruit sur la tête, lisait, absorbé, le livre qu'elles lui avaient offert, l'*Atlas des cités perdues*. Avant minuit, il connaissait par cœur l'histoire de Tikal au Guatemala, berceau de la civilisation classique maya. De Prora, la station balnéaire nazie sur la côte est de Rügen, une île de la Baltique. Et de Fatehpur-Sikri, ancienne cité mongole et harem. Il avait dû demander à sa mère la signification de ce mot et trouvé logique que les épouses d'un même homme habitent au même endroit mais illogique que les épouses ne puissent pas réciproquement avoir plusieurs époux. Plus tard, Brigitte et sa mère se sont absentées pour accompagner Luis Pequeño. Il n'avait pas bougé depuis que sa femme avait disparu. Pas ouvert les yeux. Pas pleuré. Quand Brigitte lui a pris la main, un peu avant minuit, il a souri. Une fugacité. Il s'est mis en position fœtale. Il a cherché à arracher sa blouse. Puis il a lâché prise. Un râle clair. Un adieu feutré. Elles sont restées un moment auprès de lui, dans la chambre. Elles ont bu le champagne tiède de sa femme en trinquant à sa vie. Brigitte a dit vous êtes beau, Luis. Louise a étouffé un rire. Tu es folle. Mais regarde, on dirait un acteur de cinéma. Vous ressemblez à un acteur, Luis, si je vous avais croisé dans un bar, je vous aurais abordé. Puis Brigitte s'est tournée vers Louise, soudain grave. Tu te rends compte qu'on ne sait rien de sa vie, les femmes qu'il a aimées, les livres, les disques, les voyages qu'il a faits, ses peurs d'enfant, ses audaces d'homme, on ne sait rien et c'est dans nos bras qu'il est mort. Son regard s'est troublé. C'est le champagne, a-t-elle expliqué, je supporte moyen. Louise l'a prise dans ses bras et elles ont pleuré et elles ont ri. Plus tard, dans le bureau, après dix secondes de décompte, 2019 a été là et tout le monde s'est souhaité une bonne année. Surtout pour toi, Louise. Que tu rencontres quelqu'un de bien. Quelqu'un qui te mérite. Puis Louise s'est assise à côté de son fils. Elle lui a chuchoté qu'il était l'homme le plus important de sa vie. Que si son papa était parti de la maison, c'est parce qu'il avait une maladie dans son cœur et que c'est cette maladie qui le mettait en colère et lui faisait faire des choses qu'un papa n'a pas le droit de faire. Qu'elle avait trouvé un joli canapé en tissu vert, une percale très douce, pour mettre dans leur cabane et que c'était son cadeau, pour Djamila et lui. Qu'Ahmed était d'accord pour qu'elle vienne déjeuner demain, le Jour de l'An. Et que Hagop aussi serait là. Elle a dit on est ta famille, Geoffroy, on est ta famille et on t'aime immensément, et, dans un sanglot, elle a ajouté, au moins jusqu'à Icare, tu te souviens, la supergéante bleue découverte par la NASA, eh bien je t'aime jusqu'à 9,3 milliards d'années-lumière, tu avais même calculé que ça faisait 8,8 E22 kilomètres, mais Geoffroy, son casque sur la tête, n'a rien entendu des mathématiques de sa mère. Il continuait à lire. Leptis Magna. La cité fondée par les Phéniciens. Qui fut aussi puissante que Carthage et Alexandrie avant d'être dramatiquement affaiblie au cinquième siècle par la conquête vandale.

Jaune

Le 5 janvier de la nouvelle année, le porte-flingue a été évacué de son ministère suite à une ouverture opérée avec un engin de chantier dans le bas de la porte du bâtiment, rue de Grenelle. Il a déclaré que c'était grave. Que c'était la République et les institutions qui avaient été visées, et Tony a poussé une gueulante devant le poste de télévision, mais c'est toi qu'on vise, ducon, c'est la façon dont tu nous parles et Jeannot a refréné ses ardeurs, calme-toi, mon Tonino, il t'entend pas, laisse pas ton sang italien te déborder comme ça. Arrête de m'appeler Tonino, merde ! Sur la passerelle Léopold-Sédar-Senghor, à Paris, un gitan de Massy a boxé deux flics qui, d'après lui, donnaient des coups de matraque à une femme au sol avec un manteau rouge. Le ministre a alors parlé d'un individu qui avait « violemment attaqué des gendarmes mobiles ». Le gitan à qui on avait plus tard demandé la raison de sa présence auprès des gilets jaunes avait répondu « je suis dégoûté des politiques, ils ne sont pas exemplaires », alors

Jeannot s'était mis à sourire, tu vois, Tonino, tout blanc tout noir, ça n'existe pas. C'est dans l'entre-deux qu'on trouve les solutions. Gueuler, ça fait gueuler l'autre et on s'entend plus. Tony avait alors vidé son godet d'un coup, l'avait reposé brutalement sur le comptoir, au fond, t'es pas vraiment un pote, toi. Et il était sorti et Jeannot avait éclaté de rire. Il y avait eu cinquante mille manifestants en France ce samedi-là. Cinquante-six mille policiers en face. 1,13 flic par personne. À Paris, trois mille cinq cents gilets jaunes. Quelques voitures, quelques poubelles brûlaient encore. Mais ici, au rond-point historique, il ne restait plus qu'une demi-douzaine de rêveurs. Il n'y avait plus de barrages. Plus de pneus enflammés. Plus d'effervescence. Les gens ne klaxonnaient pratiquement plus. On alimentait sans joie le dernier brasero en distribuant des tracts. Des listes de cadeaux, rédigées comme pour le père Noël. Des petites illusions. Retour à l'universalité des allocations familiales. Référendum d'initiative citoyenne sur la loi bioéthique. Reconnaissance et prise en compte du vote blanc. Interdiction des pesticides. Taxation du kérosène des avions et du fioul lourd des cargos, des porte-containers et des bateaux de croisière. Un inventaire à la Prévert, la poésie en moins. Le gouvernement jouait à Kaa. Aie confiance/ Crois en moi/ Que je puisse/ Veiller sur toi. L'éculée rengaine. Tony s'usait la voix. VOUS N'AVEZ RIEN COMPRIS ! RIEN ! Pierre n'était pas retourné au rond-point. Il avait jeté son gilet jaune et avec lui son rêve de « juste une vie

juste ». Avec lui cette envie d'en découdre, de dénon-
cer les injustices, les « trop intelligents », les profiteurs
et les salopiauds. Benalla le Barbouze. Ferrand le Fayot.
La liste est longue et la République exemplaire. Après
cette nuit de Noël passée sur le rond-point désert, dans
l'air glacial, en compagnie de Tony qui avait cuvé dans
le Kangoo, des gars qui s'étaient barrés les uns après les
autres en laissant des huîtres par terre, comme des gla-
viots de tubard, abandonné leurs défaites, Pierre avait
étouffé de cendres toutes ses incandescences. Toutes ses
fureurs. Le ciel au loin avait enfin rougeoyé. Une promesse, un feu joyeux, celui-là. Un passé qu'on brûle,
une envie de renaître. Depuis, la colère de Pierre se dis-
solvait lentement. Une saloperie, la colère. Elle dévo-
rait sans rien soulager. On en conservait trop de bleus.
Trop d'infirmités. L'histoire du cocktail Molotov, par
exemple. Qu'est-ce qui lui avait pris ? Par aigreur, il
s'était comporté comme une bouse. Avec son fils. Avec
Louise aussi, depuis trop longtemps. Et avec Julie, parfois. Il n'en pouvait plus. C'est désastreux de ne pas s'aimer. Ce matin-là, alors que le soleil chauffait son visage,
il s'était laissé tomber sur les genoux, il avait cogné
l'asphalte gelé, cogné sa propre gueule, et ses mains
avaient saigné, ses yeux pleuré et l'ambulance, là-bas,
avait emporté ses démons. Deux jours plus tard, il avait
demandé à Auchan s'il pouvait faire davantage d'heures.
Il lui fallait de l'argent. Un studio suffirait. Pas besoin
d'une chambre, il savait que Geoffroy ne viendrait pas.
Peut-être un jour, un déjeuner. Ouais. Un jour. Un

film ensemble. *Les Bêtes du Sud sauvage.* Ou *Billy Elliot.*
Un film sur la différence, paraît-il. La tolérance. En
savourant une pizza blanche. En tout cas, les tomates à
part. Combien de fois l'avait-il engueulé ce môme parce
qu'il ne supportait pas que les aliments se touchent ?
Qu'ils devaient être organisés dans l'assiette selon leur
densité colorimétrique ? Toutes ses impatiences de père.
Ses fureurs. Au fond, il n'avait été un père que pendant
la grossesse de Louise. C'était la dernière fois qu'il avait
été un homme heureux. Il avait lu *Papa débutant.* De la
première à la dernière page. Participé aux cours de pré-
paration à l'accouchement. Appris à respirer au rythme
de sa femme. Il avait repeint la maison – une acrylique
bio sans odeur. Accroché des bacs de géraniums aux
fenêtres. Il était rayonnant dans l'attente. Louise était
radieuse. Puis Geoffroy était arrivé. Et tout s'était détra-
qué.

Couleurs

Pour Geoffroy le monde était comme du verre brisé.
Un puzzle géant dont il n'avait aucune idée de l'image
à assembler. De plus, il y avait trop d'informations
dans chaque pièce. Trop de bruits. De contradictions
parfois. Son hyper-connectivité à l'environnement
rendait celui-ci illisible. Seules les couleurs le rassu-
raient. Le jaune, d'abord. Bien sûr, c'était la couleur
du soleil, des blés, du miel et des jonquilles. La chaleur. La vie. L'or et les richesses. Mais elle était aussi
celle des chevaliers félons, de Judas, de l'étoile cousue
sur la poitrine des Juifs. La couleur du cocu. La partie
traître d'une flamme. Des hypocrisies, des fourberies et
des mensonges. La couleur qui, sur des gilets, annonçait le danger. Le jaune, c'était son père. Le blanc de
ses yeux était d'une teinte jaune pâle d'ailleurs, comme
certains chiens méchants. Jaune pâle, comme moro-
sité. Comme tristesse. Toutes les choses qui dévorent.
Le bleu, ensuite. La couleur préférée en Occident.
Omniprésente par les hommes et si peu par la nature.

126

Qui symbolise le voyage, l'exotisme. L'eau qui désaltère. L'eau pure. La couleur est profonde. Elle évoque le calme. L'intériorité. Elle relaxe. Elle est appliquée partout dans l'hôpital où travaille sa mère, comme des petites fenêtres, des évasions possibles, des morceaux de ciel. Parce qu'elle était chère à fabriquer, l'Église l'avait attribuée au manteau de la Vierge Marie, la Reine du Ciel, la mère de toutes les mères. Et Geoffroy avait rangé la sienne dans cette couleur, dans cette loyauté, cette part de mélancolie aussi, puisque le bleu était également la couleur du blues et que Louise pleurait parfois sans qu'il sache pourquoi, qu'elle avait froid parfois alors qu'il ne faisait pas froid. Il s'était lui-même classé dans le vert. Parce que le bleu et le jaune mélangés donnaient le vert. Parce que même si pour certains le vert était la couleur du malheur, des créatures et du diable – sans doute parce qu'il avait longtemps été fabriqué avec de l'oxyde de cuivre, qui était un poison diabolique depuis l'Antiquité –, il était surtout la couleur de la forêt. Des arbres. De la Pachamama, la Terre-Mère. De Hagop, l'enfant de 70 ans. Il évoque la mousse, l'ombre des feuillages, les jardins secrets, la sève, la santé, la liberté et la teinte qu'il faudrait redonner au monde. La respiration. Le vert, c'est surtout les yeux de Djamila. Les deux plus belles pièces du puzzle qui compose son monde décomposé. Dans le rouge, il avait rangé tous les excès. Les injures. Le sang. Le sang de la main de son père. Les flammes qui jaillissaient d'une bouteille de bière. Tout ce qui déformait les visages des hommes.

Leur dessinait des masques cruels. Leur faisaient les yeux injectés. Comme ceux du roi d'Egeberg, rouge vif, qui demandait aux esprits de la montagne de le débarrasser de ses atroces rejetons. Le noir enfin. Où il avait remisé toutes les horreurs. Les méchancetés à l'école. Les frayeurs. Les choses qui changent. Les brièvetés. Les instabilités. Et voilà qu'il avait lu ces mots étranges d'Aragon : « Un jour viendra couleur d'orange » et tout avait été de nouveau désordonné dans sa tête. Car enfin, si l'aube s'éveille orange, on est d'accord, si le crépuscule s'endort orange, toujours d'accord, le jour, lui, est bleu. Le jour est gris les jours de nuages, de menaces. Noir les jours d'orage. Et blanc les jours de neige. À nouveau les cafards dans sa tête. Peut-être l'auteur parlait-il alors d'autre chose, qui n'était pas du tout météorologique, mais symbolique. Ainsi l'adjectif de couleur renvoyait à l'agrume et l'agrume à la rondeur. La douceur sucrée. La chair translucide. Une « épaule nue ». Le féminin, en somme. Aragon n'avait-il pas écrit, dans *Le Fou d'Elsa* : « L'avenir de l'homme est la femme » ? Les blattes s'éloignaient mais Geoffroy restait perplexe. Il n'y avait pas d'irréfutabilité dans le vers du poète. Juste une vertigineuse imprécision. Et qui disait vertige disait chute. Qui disait imprécision disait incompréhension. Il s'était alors tourné vers son amie pour lui demander son avis – et s'il avait eu, à ce moment précis, conscience de l'ensemble du visage de Djamila, pas seulement le vert véronèse de ses yeux, la framboise de sa bouche ou le caramel de sa peau, il aurait pu voir à quel point elle était belle – et elle s'était exclamée mais c'est justement ça, la poésie, Geoffroy ! Ça ! Ce qu'on ne peut pas expliquer. Seulement ressentir. Juste soupçonner. C'est quand ce n'est pas la tête qui parle, mais le cœur, la peau, la peur, parfois. Elle avait baissé les yeux. Et le désir. Elle avait rosi. Surtout le désir. Le garçon l'avait longuement considérée avant de sourire. Quand on dit je t'aime, c'est de la poésie, alors ?

Jaune

Pierre dormait encore quand on a frappé à la porte.
Mal aux cheveux. Trop de bibine la veille avec Tony. Ils
avaient passé la soirée dans un bar frontalier, une sorte
de no man's land où échouaient les esseulés, les fêtards
tristes. La musique était trop forte, la bière lourde, les
filles bégueules. Même la perspective d'une coupette n'en
avait titillé aucune. Ils s'étaient installés dans un box, à
l'écart. Pourritures de congélos, ces meufs, avait lâché
Tony, vaguement écœuré. Ouais. C'est peut-être nous
qui faisons plus envie, avait suggéré Pierre. Puis il avait
commencé à parler de Louise, son grand amour bousillé
et Tony l'avait arrêté d'un cinglant fais pas chier avec
Louise, t'avais de l'or dans ton plumard et sous prétexte
de ton gamin de traviole t'as préféré te barrer comme
une fiotte. Et puis t'as fait le con avec ce môme. Alors
Louise, tu l'oublies. Tu la mérites pas. Et Pierre s'était
senti à nouveau minable. Une poubelle. Un étron. Donc
il avait picolé. Les défaites triomphent toujours de vous.
Elles finissent par vous contrôler. Et vous voilà à basculer

du côté pourceau du monde. Les coups ont redoublé à la porte. Il a entendu « meri ». Il ne connaissait pas de Marie. Ni de Valérie. Les coups encore. Violents cette fois. Gendarmerie ! Ouvrez ! Alors Pierre s'est levé du canapé, enroulé dans le drap, a ouvert la porte. Deux gendarmes. L'un a demandé s'il était Anthony Brunel. Non. Pierre Delattre. Il est pas là, Tony, il est au boulot. Qu'est-ce que vous faites chez lui, monsieur Delattre ? Je suis un ami. Il m'héberge. J'ai des soucis de couple en ce moment. Il se rend au travail en voiture, votre ami ? Je suppose. Vous savez quel est le modèle de sa voiture ? Il a eu un accident ? Je vous demande si vous connaissez le modèle de sa voiture. Un Kangoo. Il va bien, Tony ? De quelle couleur est ce Kangoo, monsieur Delattre ? Moutarde. Enfin, un truc comme ça. Caca d'oie. Vous pourriez la reconnaître, cette voiture ? Ouais. Je crois. Merci de vous présenter à la gendarmerie demain à onze heures. Mais. Demain, à onze heures. Ils ont salué. Sont partis. Pierre a refermé la porte. Doucement. À cause des pétards dans sa tête. Il a réchauffé le café que Tony avait fait couler deux ou trois heures auparavant. Il y avait des particules de poussière à la surface. M'en fous. Il s'est demandé où était cette chiasse de caméra qui avait dû les choper. Les gars avaient fait des repérages dans tous les sens, ils n'en avaient vu qu'une, plus haut dans la rue, et ils avaient pris soin de l'éviter. Ou alors c'était un témoin. Un frottard. Qui aurait noté le numéro de la plaque. On t'avait pourtant prévenu, Pierre. Fais attention à tes colères.

Vert véronèse

Hagop Haytayan parle. Il se souvient parfaitement du repas du Jour de l'An chez Louise. C'est la première et la dernière fois où nous avons été tous ensemble. Il s'était senti honoré d'être invité même s'il avait hésité car il ne possédait aucun bel atour. Une seule chemise. Un pantalon pas bien neuf. Mais Louise n'en avait cure. Elle possède cette cordialité des gens de cœur, a précisé Hagop. Voyez. Elle porte sur son fils le même regard que celui d'une Vierge à l'Enfant, empreint de bienveillance et de douleur. Un regard qui déserte les tourments du monde, semble même les absoudre. C'est une femme très belle. Une élégance française. La première fois que je l'ai rencontrée, c'était à la cabane. Elle était venue avec Geoffroy. Il lui avait parlé de cet endroit où ils se retrouvaient désormais après l'école, Djamila et lui. À cause de l'agression. Loin des crapules. De ces enfants qui ont grandi trop vite, qui ont repris à leur compte les méchancetés des pères. Les grandes personnes ne sont rien, avait écrit Rilke, leur dignité ne répond à rien. Il y a des enfants qui ne sont déjà plus des enfants, savez-vous. Ils n'ont plus cette île en eux. Cette terre ferme. Ils deviennent les pires adultes. Louise m'avait demandé de me raconter, ce jour-là. J'avais dit le port de Haïfa. La naissance de mon père sur le bateau. L'arrivée de notre famille dans le Nord, juste avant la guerre. L'immense potager de mon grand-père. Sa générosité puis celle des gens en retour. J'ai raconté cette forêt qu'ils nous ont confiée. Que j'ai entretenue, protégée des promoteurs. Ma vie dans les bois. Cette vie qui faisait dire aux gens des hameaux que j'étais une sorte de simplet. Un Lennie Small. Et puis cette rencontre, il y a quelques mois, avec les deux enfants. Deux faons. La voix de miel d'Antarame ma mère avait à nouveau coulé dans mon oreille, elle disait ces deux enfants sont ton frère et ta sœur, Hagop, tu dois en prendre soin. Louise m'avait béni de les avoir recueillis. Sa voix s'était éraillée lorsqu'elle avait prononcé ces mots-là et j'avais bien senti qu'elle pensait alors au père de Geoffroy. À ce froid. Tout ce vide. Mais il a les arbres de la forêt comme tuteurs, Louise, les arbres enseignent autant qu'un père. En plus, ils ne vous abandonnent jamais. Ton fils voit plus de beautés que nous n'en observerons jamais. Et quand il raconte les vents et les étoiles à Djamila, c'est toute la majesté du monde qu'il lui offre. Et Louise m'avait remercié. Elle avait veillé toute la nuit de la Saint-Sylvestre dans son service de soins palliatifs et avait quand même trouvé le temps de décorer la table, de préparer le repas. Saumon. Rôti au thym. Glace aux fruits rouges. Une variation subtile. De l'ocre rouge au grenat. J'avais apporté des *sari burma*, des petits gâteaux aux noix de la forêt – je ne suis pas très bon pâtissier, mais personne ne s'en est rendu compte ou alors ce sont tous les trois d'excellents menteurs. Djamila en a même mis quelques-uns de côté pour son père Ahmed et ses deux frères. Plus tard, elle m'avouera qu'ils n'y ont pas goûté. Ils n'étaient pas halal. Elle riait avec Louise pendant le repas. Geoffroy était dans sa bulle. On était comme une famille et ça a été la seule fois. Elle a ensuite aidé pour la vaisselle. Je les écoutais. Pourquoi vous avez choisi ce métier, Louise ? Quel métier, Djamila ? Ben, de laisser les gens mourir. Louise avait essuyé ses mains, posé son torchon. Viens. Elles s'étaient assises sur le canapé. Louise avait souri. Je ne laisse pas les gens mourir, Djamila, je m'occupe d'eux lorsqu'ils vont mourir, quand il n'y a plus rien que la médecine puisse faire pour les guérir. Alors je leur donne ce qu'il faut pour qu'ils ne souffrent plus. Je les aide à ne pas avoir peur. Et ça ne vous fait pas trop de peine ? Non. Je sais qu'ils partent en paix. Qu'ils ne regrettent rien. Vous croyez que ma mère elle est morte paisiblement ? Parce que c'est arrivé quand elle a accouché de moi. Je ne sais pas, Djamila. Elle s'appelait Lahna, ma mère. Ça veut dire la tranquillité, en kabyle. La paix. Alors tu as peut-être la réponse à ta question. Puis elle nous a montré la photographie d'elle qui ne la quitte jamais. Elle a 20 ans. L'amendil couvre sa tête. Elle porte une lourde couronne d'argent sur le front. Une robe en satin royal de mille couleurs. Un air de princesse. Louise avait alors remarqué que Djamila a les mêmes yeux, cette teinte étonnante, et Geoffroy, muet jusqu'ici, plongé dans un livre, s'était exclamé, véronèse, maman, c'est véronèse ! et il s'était mis à parler du pigment de cuivre qui avait fait les beaux jours des empoisonneurs et tout le monde avait ri sans que le garçon comprenne très bien pourquoi et Djamila lui en avait donné la raison. C'est parce que tu nous rends heureux, Geoffroy. Alors Hagop s'était remémoré ce vers du grand poète Parouir Sévak : « Le printemps est arrivé, mais la neige est tombée », et il avait immédiatement cessé de rire.

Sang frais

Et comme des volées de milliers de moineaux effa-
rouchés, les feuilles rousses et bistre ont soudain déserté
les branches des arbres. Elles ont un instant papillonné
dans l'air comme si elles cherchaient une échappatoire
dans une danse ivre, avant d'être fatalement immobili-
sées sur le sol et d'y tapisser de feu la terre et les mousses
et les pierres. Devenir un ossuaire fauve, boueux, qui se
couvre de gelée au cœur de la nuit, des cendres de dia-
mants, et révèle à l'aube le voile sans fin d'une mariée
mystérieusement volatilisée. C'est l'hiver. La livrée des
faons s'est grisée. Ils semblent avoir vieilli d'un coup.
Leurs bois, tombés à l'automne, bourgeonnent à nouveau sur leur tête, à contretemps des saisons. Les renards,
en l'absence de petits gibiers, sont redevenus des charognards. Le pelage blanc de leur menton ne rougeoie plus
de sang frais. Les garennes se remettent à bouffer leurs
excréments. Ce sont des cæcotrophes, précise Geoffroy
en alimentant le poêle de rondins de frêne et d'orme,
et Djamila a une grimace de répulsion. Mais c'est

dégoûtant ! s'exclame-t-elle. Les marmottes et les loirs hibernent. Les geais des chênes et les chevêches d'Athéna se sont tus. De la fumée s'évapore du sol, comme des milliards de petits soupirs. Dans la crudité froide de la lumière du jour, les troncs ressemblent à des traits épais tracés à la craie, et le soir, le coucher du soleil les enflamme. La veille il a neigé et, au matin, Geoffroy a indiqué des traces de rouges-gorges et de grives. De chevreuils peut-être, il était trop loin pour être catégorique. La forêt est blanche. Elle est un silence. Un envoûtement. Elle redevient le ventre du monde. Le pays des enfants secrets, qu'on dit tristes et heureux – comme ceux que nous avons été. Ils nous attendent, ces enfants, pour vivre à nouveau parmi eux. Retrouver avec eux notre pan d'innocence, notre capacité perdue d'émerveillement, la seule qualité qui pouvait faire de nous des êtres humains. Mais nous avons laissé notre part corbeau becqueter nos yeux d'agneaux et le sang des hommes ne s'est plus arrêté de couler.

Verdoyant

On disait qu'ils ne manifestaient aucun *Gemüt*. *Gemüt* pourrait être traduit par âme, par nature, par esprit. Mais le mot recouvre aussi l'entièreté de la vie psychique de l'homme, à la fois son cœur et son entendement. Il évoque une sorte de conscience ressentie au plus intime de soi, qui teinte ce mot de gravité et de romantisme, dans un esprit expressément allemand. La *Gemütlichkeit*, elle, est une sorte de paradis personnel. Un état où le corps et l'âme sont à l'unisson. Elle entrelace harmonie et sentiment de sécurité. Elle énonce une sorte d'équation qui s'écrirait ainsi : plus désordonné est l'extérieur plus la *Gemütlichkeit* s'amplifie à l'intérieur. Ainsi l'équilibre était maintenu. Et respecté l'ordonnancement des choses. L'idée que des enfants n'aient pas de *Gemüt* avait été théorisée par un médecin autrichien en 1943, au moment même où, dans le pavillon N° 15 du Steinhof Psychiatric Hospital de Vienne, le Speigelgrund, flanqué sur une colline verdoyante

138

dominant la ville, on injectait du véronal ou du lumi-
nal qui causait une infection mortelle des poumons
à des enfants sans *Gemüt*. C'est vers l'âge de 10 ans
que Geoffroy avait été diagnostiqué comme l'un de
ces enfants. Tu seras un petit garçon un peu lointain
et solitaire, avait dit Louise. Tu auras des difficultés
à te faire des amis. Mais tu seras doué pour le langage. Tu seras plus intelligent que les autres. Plus
rapide. Parfois, tu ne reconnaîtras pas un visage, ou
les expressions d'un visage. Tu ne sauras pas toujours
si on te gronde ou si on plaisante. Tu auras du mal à
comprendre le sens figuré des choses. Si par exemple
tu entends l'expression donner sa langue au chat, tu
croiras qu'il faut donner ta langue au chat et tu te
demanderas comment faire. Tu ne sauras pas mentir
et parfois, à cause de cela, tu pourras blesser des gens.
Même moi. Même papa. Certains jours, tu auras
trop de bruits dans ton crâne. Trop d'odeurs. Et tu
paniqueras. Mais je serai toujours là. Je te réconforte-
rai. Tu croiras parfois que les gens sont dans ta tête.
Qu'ils savent ce que tu sais, mais ce n'est pas vrai. Tu
es un petit garçon unique. Et rare. Et précieux. Et tu
pourras être heureux comme n'importe qui. Grandir.
Faire ce que tu aimes. Rencontrer quelqu'un qui aime
ce que tu aimes et qui prendra aussi soin de toi. Tu
ne seras jamais seul, Geoffroy. Tu es fait autrement,
mais tu es aussi le monde. Pierre, assis dans le canapé,
avait tout ce temps écouté sa femme sans rien dire en
regardant son fils de 10 ans accueillir tous ces mots

difficiles, des mots d'amour en vérité, et il s'était alors levé, avait furieusement attrapé son manteau et était sorti dans le froid. Le froid de son cœur. Il n'était rentré que le surlendemain avec l'odeur d'une autre sous ses ongles.

Jaune

12 janvier. 84 000 manifestants en France. Tony se frottait les mains. Ça remonte, coco, ça remonte. 80 000 flics. Soit 0,95 par gilet jaune. Eh, vous ramollissez, les gars ! En fin de journée, un peu de baston un peu partout, Bourges, Nîmes, Bordeaux, Lille, Toulouse, Paris. Toujours au délicat moment de la dispersion. Vingt-deux blessés. Deux en urgence absolue. Flanby qui se réveille, dit qu'il faut « solenniser le référendum » et on se demande pourquoi il ne l'a pas fait quand il était président, s'interroge Tony. Tu vois, mon Pierrot, tous les mêmes. Responsables mais pas coupables. On connaît la chanson. Encore que lui, ajoute Julie en singeant la voix de Calimero, y faisait marrer avec les seaux de pluie qu'il se prenait sur la tronche. 26 janvier. 69 000 manifestants. DÉBANDEZ PAS, LES MECS. Affrontements place de la Bastille. Un type perd son œil. C'est le dix-septième éborgné depuis le début de la colère. Quatre personnes ont eu une main arrachée. Onze morts, déjà. 1 700 blessés d'un côté.

1 000 de l'autre. Faut arrêter, dit Jeannot. On peut pas laisser nos rêves se dissoudre dans la baston. C'est un coup à tout perdre. L'arroseur arrosé. Le grand débat qui vient de commencer fait doucement rigoler. Bluff. Poudre aux yeux. Vous allez voir, a prédit, désabusé, un gilet jaune de la première heure, le président va jouer à l'évangéliste et ça accouchera d'une souris. Même pas, mec, même pas. Pierre est passé au rond-point. Sans son gilet. Il est venu en touriste saluer les copains. Jean-Mi. Jeannot. Julie était là aussi, elle s'occupait du barbecue. Ça a été glacial entre eux et il s'est demandé comment deux personnes pouvaient avoir couché ensemble, être allées aussi loin dans ce langage, cette intimité troublante, avoir connu de l'autre ses vertiges, tous ses abandons, Julie avait adoré qu'il lui bouffe la chatte et elle le disait, j'adore que tu me bouffes la chatte, bouffe, bouffe mon Pierrot, avale-moi, et qu'il n'y ait soudain plus rien entre eux deux que ce givre. Cette indifférence. Plus rien que cette envie d'effacer l'autre. De gommer tout ce qu'il avait eu de beau. De lumineux. Il y avait du monde sur le rond-point. Des jeunes, surtout, qui avaient rejoint le mouvement. Avaient envie de croire qu'on pouvait changer le monde. Ouais, puis finalement, on découvre qu'on ne peut changer que ses désirs, avait commenté Jeannot, désabusé. Va expliquer à un gamin de 20 ans qu'il suffit de papoter un soir à plusieurs dans un gymnase, a répliqué Tony, de dire tout ce qu'on a sur le cœur comme chez les alcoolos anonymes, tu connais ça toi, hein, Jeannot, de rapporter

tout ce qu'on aimerait améliorer dans la société pour
que la vie de tous les jours soit plus jolie, et plus juste,
et patati et patata, comme si notre bon maître avec ses
dents du bonheur qui font le malheur des autres allait
tout exaucer. Comme ça. D'un coup. Du cash, ouais.
Du concret. De la considération. C'est ça qu'on veut.
Juste ça. Facile à dire pour un type qui attend toujours
tout des autres, lui avait alors balancé Jeannot, un brin
blessé. Pierre avait bu une ou deux bières. Plutôt deux.
On voulait savoir pourquoi il ne venait plus le samedi.
On se souvenait du radar qu'il avait arraché. Des cocktails Molotov. Il était un héros, ici. Sous le manteau.
Dans les chuchotements. Comme les vrais résistants de
l'époque. André Lugiez, Jean Lebas, le colonel Hollard.
Tant d'autres. Des types qui avaient été prêts à mourir.
Aujourd'hui, on ne voulait plus mourir. C'est pour ça
qu'on avait tout perdu. Puis Pierre était retourné dans
sa piaule au Formule 1. Neuf mètres carrés de péni-
tence. Derrière le lit, un mur peint en rouge vif pour
amenuiser les taches si d'aventure on en venait à se
taper la tête. Ça ne s'était pas très bien passé à la gendarmerie. Bien que garé dans l'ombre, on apercevait
nettement le Kangoo sur la vidéo de surveillance. On
lisait parfaitement la moitié droite de la plaque. 19-AA.
Et le logo officiel de la région. Il manquait deux chiffres
et une lettre en tête, soit 5 290 combinaisons possibles,
mais le croisement des possibles avec le nombre de
Kangoo immatriculés dans le département et la couleur de sa carrosserie n'en avait plus laissé que 18. En

deux jours les gendarmes avaient trouvé celui de Tony. Sur la vidéo, on ne distinguait par contre que des silhouettes. Dont celle d'un homme de petite taille. Très fluet. Une jeune femme peut-être. Elle avait lancé la première bombe incendiaire qui s'était enflammée à quelques mètres de là, sans avoir touché la façade du centre des impôts. Tony avait eu du mal à justifier où était sa voiture ce matin-là. Il avait balbutié des conneries du genre on était sur le rond-point, les clés étaient dessus, n'importe qui pouvait la prendre, au cas où il aurait fallu aller chercher un gars, ou de la bouffe, ou du kawa. Voilà. C'est ça qui a dû se passer. Ils ont pris ma voiture et ils sont allés faire ce que vous dites. Les gendarmes lui ont dix, vingt, trente fois demandé de répéter ses conneries et Tony a fini par craquer. Il a avoué qu'il conduisait bien le Kangoo ce matin-là, mais que c'était pas lui, les cocktails Molotov, jamais ça me viendrait à l'idée un truc pareil. Jamais. Pour finir en taule. Faut être malade. Et il a lâché le nom de Pierre.

Lavis bleu

Cela avait eu lieu au printemps dernier. Les arbres semblaient s'être repeuplés, étayer un ciel d'un lavis bleu, légèrement tourmenté à l'est. Les enfants étaient au pied de l'un des gros chênes qui entouraient la cabane, comme des factionnaires, avait dit Hagop. Dans l'écorce de liège, Djamila gravait D&G avec un poinçon et elle voulait savoir si les arbres pleuraient. S'ils criaient lorsqu'on les coupait. S'ils hurlaient quand on les brûlait. Tu crois que je lui fais mal, là ? Je ne sais pas, avait répondu le garçon. Mais c'est possible. Des études sur les flux électriques des arbres indiquent que oui. Plus tard, elle lui avait demandé est-ce que tu m'aimes et le garçon avait répondu bien sûr. Pourquoi ? Parce que tu es mon amie. Dans amie il y a aime. Je sais, c'est une anagramme. Comme magie dans image. Beau dans aube. Pourquoi tu m'aimes, Geoffroy ? Le garçon avait pris son temps, comme à chaque question exigeante. Parce que sur les dix arbres qu'on préfère chacun, il y en a neuf identiques. Pourquoi tu

m'aimes ? La couleur de tes yeux. Pourquoi, Geoffroy ?
Les reflets bleus dans tes cheveux. Ton odeur. Tu as une
lointaine odeur d'herbe coupée. C'est un appel à l'aide.
La jeune fille avait eu l'air étonné. Oui, avait poursuivi
le garçon, c'est l'odeur des composés organiques vola-
tils que libère l'herbe quand elle est endommagée. Les
gens l'associent à l'odeur du printemps. C'est idiot.
Parce que c'est une odeur d'affolement pour attirer des
insectes et qu'ils la protègent des prédateurs herbivores,
car l'herbe croit qu'elle va être dévorée. Mais on n'aime
pas les gens pour ça ! s'était exclamée Djamila. Le garçon avait aussitôt baissé la tête comme s'il venait de se
faire gronder puis, après quelques secondes de silence, il
avait murmuré je suis l'insecte qui te protège, Djamila,
et Djamila avait contenu un sanglot. Peu après, il
avait donné une dernière raison. Parce que le monde
est moins effrayant avec toi. La jeune fille s'était alors
approchée tout contre lui. Elle avait passé son bras
autour de l'épaule du garçon, attiré sa tête contre sa poitrine, et il s'était laissé faire. Avec elle, il surmontait ses
craintes. Il découvrait la confiance. Il avait alors une fois
encore humé l'odeur d'herbe coupée mais lorsque son
front avait éprouvé le moelleux du sein il s'était raidi
et Djamila l'avait rassuré, sa voix contre sa peau, tel le
dzhari chaud et doux du Sahara, des mots qui enve-
loppent, presque une litanie, les poitrines des filles sont
très douces et la mienne est toute à toi rien qu'à toi vois
le grain de ma peau fin et serré comme un marbre goûte
mes aréoles qui possèdent sous la langue la fraîcheur des

galets mes tétons sont des sources chaudes et quand on s'aime le corps de l'autre n'est plus une île lointaine une impossibilité au contraire il devient un port où s'accrocher poser son cœur se dire c'est là que je vais vivre et parce que les gens font l'amour quand ils s'aiment exactement comme boivent les personnes qui ont soif rient celles qui sont heureuses chantent parfois celles qui meurent c'est avec toi que je veux le faire que tu sois ma première fois ma peur qui frissonne toutes mes fois du monde et le garçon-insecte a murmuré oui, oui, et ni l'un ni l'autre ne savaient si ces mots avaient été prononcés ou s'ils avaient été rêvés, si le dzhari les leur avait apporté du désert comme il fait parfois danser le sable ou si c'était la voix d'Antarame aux gâteaux de miel qui les leur avait soufflés.

Rose jaune

Alors qu'ils parcouraient les 1 487,5 pas qui les séparaient de la maison dont les géraniums avaient été remisés au garage à cause du gel à venir, ils ont aperçu Pierre au coin de la rue du Lavoir et des Tournelles. Il se tenait debout, immobile. Un bouquet de roses à la main. Petite mine, les roses, après un si long voyage. Plantation hors sol sous d'immenses serres au Kenya ou en Éthiopie, cueillette et empaquetage. Puis bateau jusqu'aux Pays-Bas, débarquement à Aalsmeer, la Bourse des fleurs. Puis cinq cents kilomètres en trente-six tonnes jusqu'à Rungis. Chargements. Déchargements. Retour dans le Nord. Livraison à Auchan. Composition de bouquets de trois, cinq et sept roses. Mise en place près des caisses. Et en fin de semaine, lorsque les roses avaient vécu sept fois ce qu'elles étaient, selon Malherbe, censées vivre une fois, que leurs pétales étaient fripés, des paupières fatiguées, alors le personnel avait la permission de les prendre et Pierre avait réussi à en avoir quinze. Quinze roses pour Louise. Quinze, c'est le nombre qui signifie une demande de pardon dans le langage des fleurs. Mais c'est quand elles sont rouges, Pierre. Rouges. Regarde, les tiennes sont jaunes. Geoffroy et Djamila se sont arrêtés net. Un peu effrayés. Pierre s'est approché d'eux. Le pas nerveux. Rentre chez toi, Djamila. Elle a voulu protester. Il a pris une voix dure. Je veux être seul avec mon fils. Seul. Tu comprends ce mot ? Le corps de Geoffroy a commencé à se balancer d'avant en arrière. Djamila lui a dit ça va aller. Calme-toi, Geoffroy. Pense bleu. Pense vert. Pierre s'est emporté. Tu veux le fond de ma pensée ? Je ne trouve pas sain qu'une fille de ton âge soit toujours fourrée avec mon garçon. T'es infirmière ? Non ? T'es pas infirmière, alors tu files maintenant. C'est compris ? Tu files ! Et Djamila s'est enfuie en courant. Pierre s'est alors approché de son fils. Le mouvement de balancier de son corps était désormais au point de déséquilibre. Ses mains ont commencé à frapper sa tête. Je veux Djamila. Mon amie. C'est mon amie. Et moi je suis ton père, a dit Pierre. Je veux marcher avec toi jusqu'à la maison. Je veux que tu me racontes ta journée. C'est mon amie. Le bras du garçon, comme une épée, a fendu l'air pour faire reculer son père. Tu ne peux pas marcher là. Là-bas. Va là-bas. Pierre s'est écarté. Jusqu'à frôler les façades des maisons. Ici ? Ici, ça va ? Geoffroy a opiné. Et tu dois faire des pas de soixante-deux centimètres sinon tous les calculs sont faussés. Soixante-deux centimètres, mais c'est quoi ce bordel ? Des pas de soixante-deux centimètres, a répété le garçon. De là où tu es. Puis il a repris sa marche vers la maison, le nez sur les bordures de trottoir. Anticiper. Crottes. Verre. Clous. Tout ce qui pourrait troubler la mathématique. Tu as l'air en forme, a lancé Pierre. L'enfant n'a pas répondu. Mille cent vingt et un. Mille cent vingt-deux. Je ne t'ai pas encore souhaité une bonne année, fils. Alors je le fais. Bonne année. Non ! Ne t'approche pas. Mille cent vingt-huit. À ta mère non plus, je n'ai pas souhaité une belle année. Tu as vu ? Je lui ai acheté un bouquet. Un bouquet de roses. Jaune. Jaune. Mille cent trente-sept. Trente-huit. Je voudrais qu'on soit à nouveau une famille, Geoffroy. Quarante et un. Je sais que je n'ai pas été un très bon père, j'avais mes colères et mes chagrins, mais c'est fini tout ça maintenant. Je ne vais plus aux manifestations, tu sais. Je ne casse plus les choses. Je réfléchis à une autre forme de protestation. Plus douce. Plus utile. Soixante et un. Soixante-deux. Tu crois que ta mère va être contente de me voir ? Le garçon était de plus en plus nerveux. Son corps donnait l'impression qu'il allait plonger en avant d'une seconde à l'autre. Il y avait soudain trop de tempêtes dans sa tête. Des vagues immenses qui se brisaient sur des lames de pierre. Des cris. Des crépitements. De l'essence qui s'enflammait. Des portières qui claquaient. Mille cent quatre-vingt-quatre. Mille cent quatre-vingt-cinq. Je voudrais qu'on apprenne à se connaître nous deux. Tu es d'accord ? Tu es d'accord Geoffroy ? Mille deux cents. La maison. Dans 287,5 pas. Tu pourrais me répondre ! Ça ne va pas recommencer, putain. Regarde, je fais un effort et tu me traites comme un étranger.

287,5 pas. Un mètre par seconde. Mon enjambée, de soixante-deux centimètres. Encore cent soixante-dix-huit mètres vingt-cinq. Tu m'écoutes ou quoi ? La maison. Dans 2,97083333 minutes. Tu entends ce que je te dis, Geoffroy ? Je veux faire partie de ta vie. Je vais être un bon père. On va tout reprendre à zéro, toi et moi. Tiens, on est arrivés. Geoffroy a monté les trois marches du perron. Poche arrière droite. Au bout du lacet en cuir tressé. La clé. L'attraper. Ouvrir la porte. Il a crié maman ! et il est tombé sur le sol. À nouveau l'oiseau englué. L'enfant désarticulé. Le chagrin des hommes. Louise a surgi. Elle a vu son fils par terre. Pierre dans l'entrée. Ses putains de roses jaunes à la main. Dégage ! Fous le camp d'ici ! Tu ne sais que casser, que détruire. Allez, va-t'en, Pierre ! et Pierre a posé le bouquet minable sur la console de l'entrée, il a murmuré je te demande pardon avant de disparaître et Louise s'est allongée sur le carrelage près de son fils comme on s'allonge à la lisière d'un océan en attendant que la vague revienne, plus puissante encore, et vous emporte.

Jaune

Nous avons ici un homme comme il en existe des millions, a plaidé l'avocat. Un anonyme. Un type qui habite dans un village de France. Loin de tout. Parce qu'un supermarché à vingt kilomètres, c'est loin. Un médecin à trente kilomètres, c'est au bout du monde. Un type qui bosse à quarante minutes de chez lui. Qui fait de son mieux. Qui ne part pas en vacances, comme près d'un Français sur quatre, parce qu'il y a les traites de la maison, les taxes sur le gasoil, et que bientôt, sa voiture qui est vieille et dont il prend soin depuis des années sera interdite de rouler, parce qu'à Paris, des gens ont décidé qu'on ne respirait pas bien dans nos campagnes. Mais voilà. Il n'a pas de quoi s'en acheter une nouvelle. Puis un jour, il se fait licencier. Avec soixante camarades. Parce que les hommes, ça ne compte pas. Des chiffres sur un bilan. La même chair à canon qu'en 39, mais dans une guerre mondiale feutrée cette fois. Des cours de Bourse et des dividendes. La période est dure pour dénicher un travail dans un coin de France où il n'y a plus rien. Et lorsque le président de la République dit qu'il suffit de traverser la rue pour en trouver, il ne sait pas que de l'autre côté de la rue le boulanger, le boucher, le droguiste et le bistrotier ont fermé. C'est humiliant de réclamer, à près de 50 ans. De mendier. De voir chaque jour à la télévision des nababs qui pérorent. Des politiciens qui donnent des leçons de vertu et filoutent à qui mieux mieux. Un jour, notre homme n'en peut plus. Sa colère l'inonde. Et il ne peut rien dire car la société s'est organisée pour qu'un homme seul soit impuissant à se faire entendre. Alors il doit crier plus fort. Être entendu. Être vu. Être enfin considéré. Et lorsque même ce cri ne lui est pas permis, alors oui, il a philosophiquement le droit de prendre une petite bouteille remplie d'essence et de la balancer contre le mur d'un centre d'impôts qui symbolise toutes ses rancœurs. Toutes les injustices. Ce qu'a fait Pierre Delattre à l'aube du 15 décembre, c'était crier un peu plus fort que d'habitude.

Orange et noir

Après quelques samedis plus calmes, revoici le feu. La France est montée à Paris. Dès la fin de la matinée, les Champs-Élysées sont un champ de mines. Des mobylettes et des voitures brûlent. Des chaises de terrasse de café. Des kiosques à journaux. Une banque. Un engin de chantier. Les fumées orange et noir s'élèvent haut dans le ciel. Un air de Saraqeb bombardé. Des magasins sont pillés. Longchamp. Ladurée. Jeff de Bruges. Tout le monde aime le chocolat. Tenez, tenez, servez-vous. Aujourd'hui, on régale gratis. Sur le Fouquet's incendié dont les flammes ravivaient le souvenir du 6 mai 2007, le dîner bling-bling du président tout juste élu – il donnait déjà dans le ploutocrate, on aurait dû le brûler dès ce soir-là, regrettait Tony –, un tag claironnait « C'est FOU quets », avec la même désinvolture chic que l'inoubliable « C'est FOU, non ? » de Perrier. Dans le quartier, d'autres slogans menaçaient. « Manu, on arrive. », « Manu, on vient te chercher. » Mais Manu était à La Mongie, Hautes-Pyrénées,

154

emmitouflé dans son blouson de ski noir, en train de se
« ressourcer » avec femme et amis sur les pistes enneigées après trois jours en Afrique de l'Est. Dieu merci, le porte-flingue s'est montré rassurant : « Il s'est évidemment tenu informé minute par minute toute la journée. » Ouf. Manu était rentré le soir même à Paris. Pas content, Manu. Grosse colère contre les pyromanes. Pourtant, l'incendie le plus foudroyant en ce samedi 16 mars n'a pas eu lieu à Paris mais au cinquième étage de l'hôpital Thomazeau, quand Aurélien Cuvelier y est arrivé, poussé sur un chariot. Car à l'instant même où Louise a croisé son regard leurs cœurs se sont enflammés.

Noir

Et Bakki et Lizul, désormais vêtus selon les règles de la sunna qui interdit de s'habiller de fierté et d'arrogance, étaient entrés sans frapper dans la chambre de leur petite sœur. Djamila était allongée sur son lit. Écouteurs aux oreilles. Dans les oreilles, Cardi B. « I Like It. » *They call me Cardi Bardi/ banging body/ Spicy mami/ Hot tamale.* Elle ne les a pas entendus entrer mais elle a poussé un cri lorsque Lizul a arraché l'écouteur. Fais pas chier, tu me lâches, OK ? Bakki a commencé à décrocher les photos épinglées au mur. Beyoncé. Lisa Bonet, future maman de Zoë Kravitz, période *Cosby Show*, adorable. Beyoncé habillée en Lisa Bonet pour Halloween. Des trucs de filles. De mode. Du glamour. La fameuse photo de Lindbergh prise à New York, avec Campbell, Evangelista, Patitz, Turlington et Crawford. Déchirée. Piétinée. Djamila a voulu se lever, se battre, mais Lizul l'en a empêchée. Mais qu'est-ce qui vous prend ? Vous êtes malades ! Et Bakki a répondu, voix grave, débit lent, tu peux pas persister comme ça, Djam. C'est pas toi, tout ça. C'est pas nous. Mais qu'est-ce que tu racontes, Bakki ? Je raconte que tu fais honte. Je raconte que tu ne peux plus continuer à aller comme une *khaba*. Il a ouvert son armoire. Commencé à lacérer les jupes courtes, les pulls moulants, les brassières sexy. Djamila a hurlé. T'es un salaud, une saloperie, t'as pas le droit ! Tu dois respecter la famille, Djam. Respecter d'où on vient. JE VIENS DU VENTRE DE MA MÈRE ET JE SUIS FRANÇAISE ! Tsk, tsk, était alors intervenu Lizul. Peut-être que la France est ton pays, mais c'est Allah qui est ta patrie. Et Allah qui est juste et sage ne veut pas te voir jambes nues dans la rue, pas voir ton nombril quand tu marches, pas entendre les sifflets des *almujrimin* dans ton dos. Tu dois honorer tes frères. Et notre père. Djamila a arrêté de se débattre. Elle regardait ses vêtements en lambeaux et c'était son corps tailladé qu'elle voyait. Elle pleurait et c'était son sang qui coulait. Les Français sont venus nous chercher il y a cent ans pour travailler au Creusot, dans les aciéries d'armement, et plus tard, creuser leurs tranchées et on a dû laisser nos mères au pays. Ils étaient bien contents d'avoir nos bras. Des années après la guerre, à ceux d'entre nous qui n'avaient pas été mitraillés ou gazés, ils ont fini par donner des cartes de séjour, et un jour, des papiers d'identité. Ils ont fait de nous des Français. Ça fait quatre générations qu'on est ici, Djamila. Regarde notre père. Il a toujours payé ses impôts. Il est honnête, Allah le sait. Il est resté fidèle à notre mère, Dieu ait son âme, il aime ce pays, il ne se plaint jamais et on le laisse mourir dans son usine chimique. On le regarde toujours comme un Arabe. Pas comme un Français. On ne l'appelle jamais monsieur. Monsieur Zeroual. On le tutoie comme un chien. Au second tour, il y a dix millions de Français qui ont voté la *kahba* Le Pen. Dix millions qui veulent nous foutre à la mer. Ils n'ont jamais voulu de nous. En attendant, ils nous parquent dans des immeubles dans des rues aux noms d'oiseaux. Comme des injures. Alors on va se montrer. Leur montrer qu'on est là. Qu'on est chez nous. Et puis Bakki a posé sur le lit un *djilbab*. Tiens. Tu t'habilleras avec ça maintenant. Et je ne veux plus qu'on me dise que les frères t'insultent dans la rue. Et je ne veux plus non plus entendre que tu traînes avec le petit débile. Un petit *gaouri* décérébré. Sinon, c'est fini l'école. Tu restes enfermée ici. Ah, et tu donneras ça à ton prof de sport, a-t-il ajouté. C'était un certificat médical la dispensant de piscine pour cause d'allergie au chlore. Djamila s'est alors allongée sur son lit. Elle a ramené la couette sur son corps lapidé. Elle a disparu dessous, comme sous la glaise d'une tombe, et ses frères ont quitté sa chambre et ç'en a été fini de son enfance.

Bleu ciel

Vous ne saurez jamais pourquoi. Ça vous tombe dessus. Sans prévenir. Un piano sur la tête. Un méchant coup de tatane dans le ventre. Et vous avez mal. De ce mal qui est probablement la plus merveilleuse des perditions. Oui, sans doute y a-t-il une part d'esthétique qui a déclenché la foudre. Ou une allure. Ou un simple regard. Parfois même une douleur ancienne. Une part de l'autre s'est immédiatement connectée à une part de vous que vous ignoriez. Peut-être votre âme. S'assemblent tout à coup parfaitement deux pièces dans un ensemble où elles n'ont rien à faire. Deux pièces de ciel bleu dans le puzzle d'un ciel gris. S'ensuivent vertiges. Palpitations. Bouche sèche. Aphasie. Vous y êtes. Vous pouvez encore reculer, bien sûr. Fuir. Mais ce mal ne vous quittera plus. C'est l'espérance. Quand elle a pris le dossier médical, Louise a lu Aurélien Cuvelier, 41 ans, leucémie lymphoïde chronique, stade C. Puis les comptes rendus des années de traitement. Fludarabine et Endoxan. Bactrim. Inhalations de pentamidine. Rituximab dès l'apparition du syndrome de Richter. Elle a lu la guerre. Elle a lu la chute. Elle lit l'abandon. La capitulation. Elle sait les derniers jours à venir. La peur, le froid. Elle sait la douleur quand on rend les armes. Ce grondement. Quand on articule un adieu inaudible. Une dernière grimace triste. Voilà plus de huit ans qu'elle se défait chaque jour d'un peu de sa substance vivante, comme une terre qui s'érode, pour la transfuser aux autres. Qu'elle crée des liens qui ne lient rien. Qu'elle ouvre ses mains, laisse le sable couler. Comment aurait-elle pu imaginer qu'un jour, ici, dans le service de soins palliatifs, elle aurait eu envie de fermer son poing et de retenir le sable, un jour, deux jours, huit jours, comme l'avait chanté la Piaf désespérée dans sa prière à Dieu ? Dans la chambre 11, grâce aux perfusions de cortisone, de morphine, Aurélien Cuvelier était confortablement installé face au petit mur bleu. Ses yeux fixaient la mer sans horizon. Quand Louise est entrée, il a souri. La même fossette que Gérard Philipe. Une éraflure d'enfance sur la joue. Alors Louise a de nouveau tremblé. Elle a dit je m'appelle Louise. Il a répondu je m'appelle Aurélien. Elle a souri. Elle a dit je sais. Elle a rougi. Il a dit ce sont les filles de 15 ans qui rougissent. Elle a dit ce sont surtout les filles bouleversées qui rougissent. Avant de s'enfuir de la chambre. Le cœur en capilotade. Comme une fille de 15 ans. Dans le bureau des infirmières, Brigitte a éclaté de rire. Effectivement, alors qu'on est là, je te le rappelle, pour l'accompagner dans un truc pas joyeux-joyeux, lui sortir que tu es bouleversée, autrement dit qu'il te bouleverse, c'est pas un mot complètement innocent ça, ma Louisette, c'est sûr que t'as pas fait dans le délicat. Tu sais quoi, Brigitte, je suis heureuse. Le soir même, elle a ressorti un disque de Leonard Cohen, elle a préparé le repas préféré de son fils, le vert, en chantant *Suzanne*, en chantant *Hey, That's No Way To Say Goodbye*, parce que être amoureuse ça donne envie d'être triste, envie de rire, de chanter, de préparer son repas favori à un petit garçon de 13 ans, de le serrer dans ses bras en regardant *E.T.* pour la vingt-deuxième fois – chiffre officiel, il tient les comptes –, et lui dire que la vie est belle même si des gens se désolent sur les ronds-points et brûlent des voitures tandis que d'autres meurent dans des hôpitaux, quittent toutes ces beautés. Ce soir-là, alors qu'il observait sa mère, Geoffroy lui a trouvé un air de Djamila quand elle est avec lui dans la forêt. Quand il lui parle des étoiles.

Rouge

Le talkie-walkie a grésillé. Caisse huit, Pierre. Je répète. Huit. Une femme. Manteau rouge. *Roger.* Il aime bien dire ça, il prononce « rod-jère », à la manière, croit-il, d'un acteur américain. Pierre a aussitôt remonté la file des caisses, a attendu deux ou trois minutes et lorsque la femme au manteau rouge est apparue, poussant son chariot de courses, il s'est positionné face à elle, une frontière, et lui a demandé de le suivre. Elle l'a regardé. Pâle soudain. Vaincue. Dans un des petits bureaux du PC Sécurité, il a vérifié le modeste contenu du chariot en regard du ticket de caisse. Puis il l'a priée d'ôter son manteau. Elle a d'abord refusé. Il a parlé d'appeler la police, ce qui risque de vous causer pas mal de tracas, madame. Casier judiciaire et tout le toutim, alors qu'ici, les procédures sont plus simples. La femme a plongé la main dans la poche extérieure gauche du manteau, en a sorti une boîte de sardines, deux culottes fantaisie, fille, 6/8 ans et deux flacons de vernis à ongles. De la poche droite, deux paquets de

162

quatre Knacki Herta et une petite voiture en plastique Mattel Changers Sheriff. Poches intérieures, trois portions de Saint-Môret, un pack de quatre tranches de dinde et une banane. Total, 42,28 euros. Je ne vous demande pas de comprendre, a fini par dire la femme. Mais c'est difficile. Mon mari n'a plus de travail depuis un an et demi. Il va manifester tous les samedis, mais il semble que ça ne sert plus à rien tout ça. La douceur. La gentillesse. Il n'y en a que pour ceux qui cassent tout. Elle a regardé les larcins étalés sur la table devant elle. Elle a ajouté, la voiture, je suis désolée, je sais que c'est cher (12,99 euros), c'était le rêve de Jules pour son anniversaire. Jules, c'est mon fils. Et les culottes, là, c'est pour Lola. Elle a 6 ans, les siennes sont trop petites. Le reste, elle a baissé les yeux, sa honte soudain, cette boue millénaire qui nécrose tout, le reste, a-t-elle murmuré, c'est pour manger. Pierre est demeuré longtemps silencieux. Les doigts de la femme, posés à plat sur ses genoux, tremblaient. Comment vous appelez-vous ? Madame Suarez. Mon mari est d'origine portugaise. Pierre a souri. Excusez-moi, madame Suarez, je voulais juste connaître votre prénom. Alice. Long silence encore. Crépitements dans le talkie-walkie. Un moment irréel. Une apnée. Puis Pierre s'est levé, a attrapé un sac plastique dans une armoire métallique. Il y a rassemblé tous les produits que la femme avait volés et il a posé le sac dans le caddie. Je vous raccompagne, Alice. Alice a balbutié je ne comprends pas. Pierre poussait le chariot devant lui. Ils sont sortis du PC Sécurité. Vous avez une voiture ? Elle est bloquée à cause du contrôle technique, a répondu Alice. Je suis venue en bus. Allons à l'arrêt de bus, alors. Regardez-les, sur le parking, là-bas. L'homme en noir, son brassard orange fluo, armé d'une lampe-torche et d'une bombe lacrymogène et la petite femme en rouge qui trottine à sa suite. Il slalome à vive allure entre les voitures, comme on le fait sur un champ de guerre au milieu des corps, et ne s'arrête qu'une fois parvenu à l'arrêt. On n'entend pas ce qu'ils se disent. Il parle. On la voit soudain porter ses mains à sa bouche, comme pour étouffer un cri. C'est déchirant parce qu'elle sautille sur elle-même maintenant. Avec son manteau rouge, on dirait une allumette qui danse. On sent qu'elle voudrait l'embrasser mais le bus arrive et ils se serrent la main. Elle s'empare des deux sacs, monte et se retourne vers lui. Un joli sourire éclaire son visage épuisé. L'homme en noir fait demi-tour. Il abandonne le chariot vide sur le parking, pénètre dans le centre commercial et reprend sa place de vigile à l'entrée du magasin Auchan. Il bombe légèrement le torse. Il sourit.

Blanc

Elle a laissé les autres patients à ses collègues. Elle passe ses journées dans la chambre 11. Aurélien lui a raconté. L'ironie des choses. Les farces de la vie. Pas drôles, en fait. Photographe d'enfants pour les magazines *Vogue Bambini, Milk, Kids.* Des images de publicité pour Tartine et Chocolat. Bonpoint. Petit Bateau. Des gamins de toute beauté. Et sa femme qui rêvait d'avoir des enfants et lui qui ne pouvait pas. Il possédait le portrait de centaines de mômes dans son bureau. Mais aucun n'était le leur. Aucun ne s'endormait jamais dans la chambre prête depuis leur mariage. Ni ne gazouillait dans le berceau blanc qui mois après mois se couvrait de poussière. Puis sa femme avait enfin été enceinte. Et lui était tombé malade. Elle avait rejoint son amant. Lui ses médecins. Et me voilà, à la fin de ma drôle de vie, a-t-il ajouté. Treize lignes dans un livre. Alors elle lui a parlé de Geoffroy. L'enfant qui réside dans l'enfance. Qui habite une logique sans guerre et sans effroi. Elle lui a raconté le bruit qui encombrait sa tête et son silence, pendant ses premières années. L'enfant qui ne marchait pas mais cherchait à s'envoler. Elle a avoué la défaite de Pierre. Son évasion de leur quotidien. Une autre femme. D'autres bras. Des jouissances tristes, s'imaginait-elle. Des fiascos. Et sa fatigue. Son bonheur de mère, sa solitude de femme. Parfois Aurélien s'excusait et fermait un instant les yeux, alors elle se taisait, elle le regardait, elle goûtait cette beauté qui disparaissait, cette fossette qui s'estompait. Toute une vie qui s'effiloche. Un homme meurt et le monde s'appauvrit. Elle serrait le poing. Retenir le sable. Puis elle reprenait leur discussion, en silence cette fois. Et là, dans sa tête, elle le tutoyait. Elle lui disait des choses qu'elle n'avait jamais dites à un homme, pas même au Pierre des débuts, au Pierre de l'urgence et du feu. Lorsqu'il rouvrait les yeux, il la regardait toujours avec une intensité troublante. Il disait je suis heureux que vous soyez là, Louise. Ce matin, il a ajouté, je crois que tout me menait à vous. Alors Louise s'est levée du fauteuil, s'est hissée sur le lit, allongée contre lui. Elle a caressé son visage. Ses lèvres qui tremblaient. Sa main a parcouru le champ de son torse, éprouvé les grilles qui emprisonnaient son cœur, ses doigts, légers comme un souffle, se sont posés là et ont vibré au rythme de ses battements. Ils se sont endormis, bercés par les bips assourdis de l'électrocardioscope. Enlacés. Noués. C'est Brigitte, à l'heure des soins, qui l'a réveillée. Tout doucement, comme une mère son enfant. Brigitte qui a dit tu ne dois pas. Tu ne peux pas, Louise. Et Louise a répondu que l'amour c'était justement ça. Quand on ne devait pas. Quand ça remettait en question l'ordre du monde. Mais. Mais quoi, Brigitte ? Il n'y a aucun avenir possible à cette histoire, tu le sais bien. L'avenir ? C'est un mot qui n'a rien à voir avec l'amour. Depuis toutes petites on nous a bassinées avec l'idée que la meilleure rime à amour, c'était toujours. C'est une immense connerie. La vraie rime d'amour, c'est chaque jour. Alors, même si je n'en ai que quatre avec lui, ou même deux, ça fait de moi une femme infinie.

Rougeâtre

Il faisait encore froid. Une couverture était posée sur les genoux d'Aurélien, un châle sur ses épaules, un bonnet sur la tête. Une petite mamie, a-t-il commenté d'un sourire. Louise a dirigé le fauteuil au-delà du parking, ils sont sortis de l'enceinte de l'hôpital, ont suivi les trottoirs, traversé les avenues. Drôle d'attelage. Lui, si jeune, bringuebalé sur la chaise roulante, comme un mannequin de cire, le bras relié à une perfusion par plusieurs tuyaux. Et elle, ravissante et grave, heureuse, qui semble pousser devant elle un trésor. Ils sont arrivés au petit parc qui donne sur un bras de l'Escaut. Des feuilles mortes glissaient sur l'eau, sans grâce. Les arbres étaient maigres encore, mais quelques bourgeons avaient fait leur apparition. Les pointus de l'érable à sucre, d'un brun rougeâtre. Ceux du hêtre à grandes feuilles, en forme de cigare. Les jaunes du caryer cordiforme. Et ceux de la viorne à feuilles d'aulne, qui n'avaient pas d'écailles. Aurélien a toussé. Aurélien a ri. C'est mon fils qui m'apprend tout ça, a précisé Louise. Il aime tout des arbres. S'il le pouvait, il vivrait dans l'un d'eux. Comme le petit baron du roman de Calvino. Aurélien a dit c'est triste d'avoir traversé tout l'hiver et de ne pas parvenir au printemps. De mourir avant les fleurs. Je suis une brièveté, Louise, je suis désolé. Alors Louise a bloqué les roues du fauteuil, posé les mains sur ses joues. Elle s'est penchée vers lui et l'a embrassé. Les lèvres d'Aurélien étaient fraîches. Sa langue tiède. Il a semblé à Louise qu'à travers la maladresse de ce premier baiser c'était la vie qui reprenait. Une sortie d'hiver. Un redoux. Et ils se sont embrassés encore. Encore. Ils avaient faim. Leurs baisers les réchauffaient. Leurs baisers les faisaient rire. Et puis la paresthésie s'est réveillée dans ses mains. Cette saloperie. Il s'est mis à trembler. L'épuisement se lisait sur son visage. Ils sont retournés à Thomazeau. Derrière, mais il ne la voyait pas, Louise pleurait.

Blanc tirant sur le beige

De retour dans la chambre 11. Louise l'a lavé. Son corps était déserté. Il ne se battait plus. Elle a caressé un court instant son sexe, elle a dit il est beau, j'aimerais l'avoir en moi et Aurélien lui a dit merci du regard et elle savait qu'ils avaient commencé à faire l'amour. Puis elle a couvert son corps du drap bleu pâle de l'hôpital. À dix-sept heures trente, une jeune stagiaire pleine d'énergie a apporté le plateau. Alors monsieur Cuvelier, on se sent comment ce soir ? Regardez, le chef vous a cuisiné un filet de cabillaud (dans l'assiette de plastique, une virgule racornie, un blanc tirant sur le beige), du riz pilaf (une sorte de compost couleur crème), que des bonnes choses. Allez, il faut me manger tout ça. Mais Aurélien n'avait pas d'appétit. Il a regardé Louise quand la stagiaire est partie et elle a pensé aux yeux du barbet, sur la table du vétérinaire. Alors elle a poussé loin la table à roulettes, le plateau-repas, et elle s'est de nouveau hissée sur le lit, de nouveau allongée contre lui. Elle a embrassé son cou. Ses joues. Sa bouche. Il n'a pas eu la force de répondre à son baiser. Elle a dit on peut faire tout ce que tu veux, Aurélien. On peut aller voir la mer. Je te montrerai l'endroit sur la falaise d'Étretat où j'ai hurlé un jour comme une folle parce que mon fils ne me regardait jamais et d'où les touristes pensaient que j'allais me jeter dans le vide. Et si tu préfères une grande chambre d'hôtel, blanche et fraîche, un balcon sur le lac de Côme, des parfums de magnolias, de camélias et de lauriers, je te dis allons-y. Je te dis partons. Touche-moi, si tu en as envie, touche-moi, je te dis oui. Et si tu veux que je te prenne dans ma bouche, que je sois nue pour toi, et que je chante et que je danse, je te dis oui – et toutes ces adjurations silencieuses vibrionnaient dans la tête de Louise, tandis qu'Aurélien s'endormait, s'enfonçait dans le gris, accablé par le poids des médicaments. Le regret d'avoir perdu.

Vert marécage

C'est sa main qui a émergé en premier, comme dans un film de zombies. Elle a repoussé la couette et son visage avait la pâleur d'une survivante. Ses yeux vert véronèse étaient gonflés par les larmes. Un vert marécage. Trouble. Une fille à la dérive. Il lui semblait qu'elle ne pourrait jamais plus rire ni danser ni chanter. Au cœur de la nuit, Djamila s'est levée. Dans le petit miroir du cabinet de toilette attenant à sa chambre, elle a regardé son visage. Ses doigts ont parcouru la géographie de son chagrin. Caressé ses longs cheveux. Parce que tu as des reflets bleus, avait répondu le garçon lorsqu'elle lui avait demandé pourquoi il l'aimait. Je m'essuierais bien la teub avec tes cheveux après t'avoir niquée, avait un jour lâché un connard en bas de son immeuble, rue des Colombes. Colombes, mon cul. Djamila avait 15 ans, elle était de cette beauté qui est un cadeau fait au monde. Le cadeau de Lahna la belle, Lahna sa mère. Et voilà que ses frères voulaient l'y soustraire. L'emprisonner dans un *djilbab*. Couvrir sa tête, comme on couvre de honte. Le *hijab*, elle le sait, vient de l'arabe *hadjaba* qui signifie dérober au regard. Cacher. Par extension, il signifie rideau. Il dit écran. On en avait parlé à l'école après les attaques de Carcassonne et Trèbes. Bakki et Lizul voulaient installer un rideau entre elle et les hommes. Entre elle et le monde. La cloîtrer. La condamner à l'isolement. Et plutôt que de la mettre en prison, c'est la prison qu'ils mettaient en elle. En coupant la première fois, les lames ont émis un bruit mat. Étouffé. Dangereux. Presque un souffle. Et la première mèche aux reflets bleus est tombée. Une plume de corneille. Ils voulaient effacer son corps. Quelle blague. Parce que les hommes sont des bêtes on enferme les femmes. Il y avait une expression qui expliquait ça, à propos d'un chien et de la rage. Les plumes noires continuaient de glisser sur le sol, presque au ralenti. Djamila coupait. Coupait. Comme on tranche les mailles d'un filet qui vous étrangle. Elle voulait une tête vilaine. Une tête qui ferait se détourner celle des hommes. Des pourceaux. Elle aurait voulu crier. Mais les filles n'ont pas le choix de dire non. C'est la Loi. C'est ainsi. « Ô Asma, quand une fille est pubère, il lui sied de ne laisser voir d'elle que le visage et les deux mains », avait édicté le Prophète à sa belle-sœur qui s'était présentée à lui en *riqâq* – une tenue fine et légère. Coquine. Mais elle, elle était née ici. Elle vivait ici. Ses amies se maquillaient, portaient des bijoux aux doigts, aux oreilles, parfois au bout des seins, embrassaient les garçons, buvaient des monaco ou des gin tonic, s'habillaient en short au printemps, offraient leurs jambes pâles aux premiers rayons du soleil dans la cour de récréation ou après l'école au parc, aux terrasses des cafés. Les filles riaient. Les filles rêvaient. Elles aimaient la vie. À cause de ce truc elle allait basculer de l'autre côté du monde. Elle a essayé de mettre le *djilbab*. Putain, c'est quoi ce bordel. La longue robe d'abord. D'accord. Puis le machin, comme un poncho, qui couvre la tête, descend jusqu'aux genoux. Quel cirque. On disait que le vêtement ne devait pas être parfumé, devait être large et non moulant, ne pas attirer le regard. Tu parles. Une fille dans un sac. Un sac-poubelle. Ça attire tous les regards. Et tu vois, avait ajouté Bakki avec un sourire malicieux, avec ça si on t'injurie encore dans la rue, ce sera plus seulement une injure. Mais du racisme. Djamila était finalement parvenue à mettre sa prison sur son dos et, alors qu'elle imaginait ne plus jamais avoir de larmes tant elle avait pleuré, ses yeux se sont de nouveau embués en pensant au garçon, à tous ces morceaux d'elle qu'il aimait, toutes ces couleurs, son parfum d'herbe coupée, tout ce qui venait de disparaître sous une grande bâche, comme on dissimule les corps morts et les corps mutilés, les corps honteux sur les champs de bataille des hommes.

Acajou

Elle s'est défendue. Elle a dit au docteur Philippe que cela faisait partie des mystères de la vie, de l'âme peut-être – ah, ne mêlez pas l'âme à cela, je vous en prie. Elle a insisté. Elle a déclaré que c'était quelque chose d'autre qui avait décidé pour eux, quelque chose de *supérieur*. Notre relation est belle. Elle n'entache en rien la qualité de notre travail ici, au cinquième étage. Il a levé les yeux au ciel. Ce n'est pas ce que j'entends. Ce que vous entendez, c'est de l'incompréhension. C'est de la peur. Il est juste un homme qui meurt, docteur. Un corps qui abandonne. Je serais bien la dernière des idiotes de tomber amoureuse d'un homme qui part. Et pourtant. L'amour que j'éprouve pour lui me comble comme jamais je n'aurais imaginé l'être. L'amour est toujours un futur qu'on se promet et le nôtre est sans avenir. Il est dans l'infini du présent. Je m'allonge, c'est vrai, sur son lit, à côté de lui. Je le prends dans mes bras. Je le caresse. Je le touche comme on touche un homme quand on veut qu'il ait du plaisir. Je le réchauffe. Et quand mon cœur s'emballe, il entraîne le sien. Alors Aurélien me dit merci. Qui peut imaginer un amour où aucune promesse n'est échangée ? Aucun lendemain n'est espéré ? Les doigts du docteur Philippe pianotaient sur son bureau acajou. Un petit bruit de mitraillette. C'est l'amour parfait, parce que parfaitement inutile. Alors je vous supplie, docteur, de ne pas nous en priver. De me garder dans le service. Le médecin a retiré ses épaisses lunettes. Il a pris son temps pour en nettoyer les verres. Son regard de myope s'est égaré dans l'espace. Puis il a conclu, c'est pour vous que je suis inquiet, Louise. Après un tel amour, vous risquez de ne plus être capable d'aimer.

Bleu

Dans *E.T.*, le film qu'elle a vu vingt-trois fois avec son fils, alors que la bestiole s'apprête à repartir dans sa soucoupe volante, elle ne dit qu'un mot à Elliot : Viens. Et le petit garçon lui répond : Reste. Louise est allongée sur le lit d'Aurélien, son corps encastré dans le sien et elle murmure à son oreille, si tu me demandes de venir, je viens.

Dziran

Depuis trois jours, Geoffroy vivait là avec Hagop
Haytayan. La cabane faisait une trentaine de mètres
carrés, sans compter la petite terrasse sur pilotis que
l'Arménien avait construite deux ans plus tôt sur l'arrière, parce qu'on pouvait y profiter des couchers de
soleil au travers des chênes et des aulnes. Des derniers
rayons qui dansent. Des flambeaux agités par les esprits.
Des houppiers qui s'embrasent. Et des oiseaux sombres
qui volent dans le ciel, à contre-jour, comme une pluie
de cendres. La nuit tombait d'un coup. Le noir lourd
comme un velours. Et dans le silence, les bruits mys-
térieux. La vie secrète. Grâce à la récupération de l'eau
de pluie et à la présence de panneaux solaires sur le toit,
il y avait de quoi prendre deux petites douches tièdes
par jour et faire une modeste vaisselle. Le seul inconfort
venait de l'absence de toilettes, mais la forêt est vaste,
disait Hagop en riant, et avec une bonne pelle on se
débrouille. L'intérieur de la cabane se composait d'une
grande pièce et d'une toute petite chambre. Presque un

placard. Par les fenêtres de la pièce principale, on voyait de temps à autre des biches et des faons. Ils s'approchaient parfois sans que la présence silencieuse d'Hagop sur le perron les effarouche. À l'automne il leur tendait des glands, des faînes, des châtaignes, et quelquefois une biche venait manger à même sa main. Aujourd'hui, au printemps, les bêtes se régalaient de jeunes pousses d'arbre, d'écorces, de végétaux ligneux. Au milieu de la pièce, dans le poêle, brûlaient les derniers rondins de poirier et de charme. Ils craquaient, dégageant une odeur d'enfance et de tabac. Quelques photographies encadrées au mur, des images sépia, floues, délavées souvent. Parmi elles, une jeune femme en *taraz*. C'est qui ? a demandé Geoffroy. C'est Antarame, a répondu Hagop. Ma mère. Et là, tu ne peux pas le voir parce qu'elle est en noir et blanc, sa tenue avait la couleur d'un *dziran*. Un abricot d'or. On disait qu'elle était la couleur du manteau des rois, celle de la sagesse, et Geoffroy avait essayé d'imaginer cette teinte invisible, entre le cuivre et l'or. Il trouvait qu'Antarame, dans ses beaux habits, possédait la même majesté que la mère de Djamila sur la photo qu'elle leur avait montrée au Nouvel An. Ta mère aussi est très belle, a ajouté Hagop. Il a souri. S'est souvenu du silence qui se faisait quand la sienne se mettait à improviser une *Naz Bar* – qu'on appelait danse gracieuse. Geoffroy s'est tu un instant avant de demander, tu crois que c'est parce que ma mère pleure tout le temps qu'elle est à l'hôpital depuis trois jours ? Hagop a pris la main du garçon, aussi délicatement que si elle avait été en cristal, et il a répondu, les larmes de ta mère, ce sont des larmes de bonheur. Alors le corps du garçon a commencé de se balancer d'avant en arrière. De plus en plus vite. Il a dit non. Il a crié non. Hurlé on pleure des lipides, du mucus et de l'eau pour hydrater la cornée, pour la protéger de la poussière. On pleure des larmes d'eau quand on coupe des oignons. On ne pleure pas de bonheur. C'est illogique ! Illogique ! Illogique ! Et Hagop a lâché la main de l'enfant, l'a laissé s'envoler dans la pièce, se cogner aux murs, renverser quelques cadres, quelques bibelots, avant de retomber, épuisé, vidé, sur le canapé de percale verte. Plus tard, quand la tempête se sera éloignée, il demandera où est Djamila, exactement comme on supplie quelqu'un de nous indiquer la sortie parce qu'on est perdu.

Jaune fluo

Et revoilà le porte-flingue. Le 20 mars, il a annoncé que le dispositif Sentinelle, déploiement de l'armée pour faire face à la menace terroriste, allait être mis en place pour les gilets jaunes. Gilets jaunes/terroristes, même combat. Trois jours plus tard, le samedi 23 mars, à Nice, un escadron de gendarmes, malgré les ordres, a refusé de participer à un assaut contre « la menace d'une foule jugée calme », lequel assaut sera quand même mené par des kendokas endiablés et causera de sévères blessures (côtes cassées, fractures du crâne, deux mois d'hospitalisation) à Geneviève Legay, 73 ans. La France frappait ses mamies et le jeune président frappait sur la table. La mamie n'avait qu'à être ailleurs. On oubliait de dire que le lendemain, il dînait avec le président chinois Xi Jinping à quelques encablures de là, à Beaulieu-sur-Mer, commune très chic, à peine 8 % d'HLM, avait précisé un journaliste, une moyenne de 15 000 euros du mètre carré pour une maison correcte, et que les images d'un péril jaune n'étaient peut-être pas exactement diplomatiques. Sinon, ailleurs en France, la journée avait été calme. Au rond-point, ils étaient une vingtaine d'irréductibles Gaulois. Ils continuaient à y croire. Distribuaient des tracts. Des listes de rêves. Ils n'offraient plus de jaja ni de gâteaux. Même Élias le boulanger ne leur apportait plus sa première fournée. Il y avait là Tony, qui faisait moins le mariole car il attendait le verdict du juge dans l'affaire des cocktails Molotov et ne voulait pas risquer d'aggraver son cas. Julie, qui semblait avoir vieilli de quelques années d'un coup, toujours à s'occuper du barbecue – faut nourrir les gars, disait-elle, c'est l'intendance qui fait gagner les guerres. Elle s'était mise avec Jeannot depuis qu'elle avait chassé Pierre de sa vie. Un bon gars, Jeannot, et de l'allure dans son uniforme bleu nuit de surveillant pénitentiaire. Un rêveur de comptoir aussi, un peu poète, roucoulait-elle, capable parfois de mots qui peuvent faire frissonner une fille, d'une rime audacieuse, mais malheureusement toujours prêt à revoisiner avec dame Bibine. Alors elle le surveillait comme le lait sur le feu, la Julie. Elle en avait marre de consoler les types qui passaient, les mecs mariés, les baiseurs et les nullos. Elle avait aux jambes des veines qui commençaient à se faire douloureuses. Des brûlures le matin aux articulations. Des doigts noueux. Des cheveux gris. Des ballonnements de temps en temps. Jeannot, ça ne le dérangeait pas tout ça, le corps qui se fane, les pendouilleries au cou et aux bras, les tristesses sous les yeux. Alors elle avait décidé de le garder. On sait toujours quand c'est le dernier. Celui pour lequel on pose ses valoches. Et puis il y avait quelques autres types avec eux sur le rond-point. Des jeunes surtout. Toujours prompts à la barricade. À l'enflammement de pneus. Au jet de projectiles. Mais une bonne merguez et une ou deux cannettes de 8.6 et les voilà qui redevenaient des agneaux. Alors on s'asseyait en rond dans l'herbe, on cherchait des moyens d'action. Des lendemains qui chantent. « La police contre la peau dure. » Ces couillons de keufs ont des chars, nous on a des idées. Et Jeannot avait parlé de la sienne ce samedi-là. Puisque tout a commencé avec les taxes sur l'essence, et je vous rappelle que c'est 60 % de taxes, les gars, et avec le 80 sur les départementales, on devrait les faire chier avec la bagnole. Il y a trente-trois millions de bagnoles en France. Si chaque mec virait son attestation d'assurance du pare-brise et taguait ses plaques d'immatriculation en jaune, un bon jaune fluo tu vois, eh bien fini les radars, fini les PV, les parcmètres, tu crois que les flics vont courser trente-trois millions de caisses ? Que dalle. C'est l'argent qui les démange. Les radars, c'est un milliard par an dans leurs poches. Les trois mille morts sur la route, ils s'en tapent. Je vous le dis : plus de plaque, plus de pognon. Et là, ils vont commencer à nous écouter. Voilà ce que je pense. On avait trinqué à l'idée de Jeannot. C'est de la bombe, Jeannot. Waouh, t'es balèze. Plus fort que Mélanchouille. Fière de toi, avait silencieusement articulé Julie. Puis un gamin avait pris la parole. Il avait dit c'est une super idée, mais on est en France. Faut pas rêver. Ici, les gens se la jouent perso. Ils gueulent, mais ils ne veulent pas d'emmerdes. Juste garder leur confort. Leurs petits avantages. On n'est plus en 1789. On n'est plus un peuple. On est soixante-cinq millions de peuples. Il y avait alors eu un très long silence. Et puis des bruits de cannettes qu'on ouvrait. Des bruits de défaite.

Blanche

Louise ce matin voulait de la musique et elle avait choisi le *Stabat Mater* de Vivaldi. Elle était chaque fois bouleversée par la douleur de Marie au pied de la Croix – la douleur commune à toutes les mères qui un jour perdent celui qu'elles aiment. Malgré la gravité de son thème, elle trouvait la musique plus belle que mélancolique et c'est cette beauté qu'elle voulait partager avec Aurélien. Cet envol. Puis cette plongée. Ce fracas. Cette espérance enfin. Elle était assise dans le fauteuil, près du lit sur lequel il somnolait malgré l'augmentation des doses de cortisone dont les effets psychostimulants, euphorisants, orexigènes parfois, étaient censés aiguiser sa vigilance. Mais l'ombre gagnait. Le corps lâchait prise. S'avouait vaincu. Grâce à Dieu, il ne souffrait pas. Dans les lueurs, il lui parlait un peu de sa vie. De ce frère qu'il n'avait pas vu depuis trente ans. Une bagarre d'enfance. Des fiertés mal placées. Le temps qui passe. Qui bouffit les choses. On apprend à vivre sans l'autre. Et, contre toute attente, on survit, comme on subsiste

185

après tant de plaies. Je ne sais même pas où il habite, s'il est marié, s'il est heureux, a dit Aurélien. Vous voulez que je cherche ? Aurélien a souri. C'est gentil. Mais nous n'avons plus le temps pour ça, mon frère et moi. Et vos parents ? J'avais 5 ans quand mon père est mort et ma mère est en maison. Un lieu qui s'appelle Les Lys du Hainaut. Il a souri. Désabusé. C'est amusant, vous ne trouvez pas ? Donner le nom d'une fleur blanche qui signifie innocence et pureté à un endroit où des vieux, parce qu'ils n'ont plus de mémoire, redeviennent des enfants. Personne ne viendra plus. On meurt toujours seul. Il s'est mis à tousser. Excusez-moi. Elle l'a aidé à boire, l'eau a coulé sur son menton et cette image l'a bousculée. La mort n'avait pas une once d'élégance. Puis il a dit c'est quand même curieux de mourir au milieu des choses. Au milieu d'un livre dont je ne connaîtrai pas la fin. D'une série télé. D'une vie, dont je ne connaîtrai pas non plus la fin. Quel livre lisiez-vous ? *Sable mouvant*, de Mankell. Il n'y a pas de fin, Aurélien. Son cancer gagne. Mankell part. Il s'en va avec sa peur que les déchets nucléaires enfouis en Suède soient un drame pour la suite. Il meurt et il est inquiet pour les autres. Il tremble pour le monde qui lui survit. Il se demande dans quelle langue on prévient les générations futures. Il n'aura pas la réponse. Le livre finit comme ça. Le regard d'Aurélien s'est grisé d'amertume. Alors Louise s'est allongée auprès de lui et il a murmuré c'est pour cette nuit.

Roses

Pierre se tenait derrière les caisses, comme chaque jour maintenant, depuis qu'il avait obtenu une réponse favorable à sa demande de temps plein. Il était heureux. Il allait pouvoir quitter cette saloperie de Formule 1 dont la moitié des chambres étaient occupées par des putes. Chaque jour, dès la sortie des bureaux, le ballet des poireaux. Les couinements de plaisir schlinguant le toc. Les mamours baveux sur le pas de la porte. Tu reviendras mon chou ? Les clopes. Le boucan. Le rap à la con. Il n'en pouvait plus. Il allait enfin pouvoir louer un studio. Tenter un nouveau départ. Finir de récurer ses noirceurs. Bâillonner ses fureurs. Et redevenir un type mesuré. Réfléchi. Sonner un jour à la porte de Louise. Les emmener, elle et Geoffroy, sur une plage, quelque part. En famille. Il avait vu une publicité sur un bus. Une semaine en Grèce tout compris. Cinq cents balles par personne. Quand même. Allez, au boulot, Pierre. Il se tenait droit comme un i. Le visage fermé, ainsi qu'on le lui avait recommandé. Voire légèrement menaçant. Faut ce qu'il faut. Il surveillait. Soudain, une femme d'une quarantaine d'années s'est approchée de lui. Craintive. Elle a eu un bref sourire timide. Elle s'est approchée plus près encore et elle a chuchoté, je viens de la part d'Alice. Euh, de madame Suarez. Alors Pierre a souri, comme un parfait employé qui s'apprête à donner une information à une cliente. Il a marmonné à son tour. Allée quatre, la caméra est en panne. Toute la charcuterie. Sortez caisse huit. La femme s'est éloignée en poussant son chariot. Le cœur de Pierre a battu un peu plus vite. Robin des bois. Ouais, Robin des bois. Quand elle s'est présentée caisse huit, tout s'est bien passé. Elle semblait juste avoir pris un peu d'embonpoint. En croisant Pierre avant de disparaître, elle a simplement dit, les joues roses, j'ai beaucoup, beaucoup de jambon. Les enfants adorent. Merci. L'homme en noir, brassard menaçant, a retrouvé son sourire d'homme heureux. Plus tard, alors qu'il se changeait au PC Sécurité, l'avocat l'a appelé. Il avait eu le greffe. Le juge avait rendu son verdict. Tony écopait de trois mois avec sursis. Lui, d'un an avec sursis. Il a semblé suffoquer. L'avocat l'a aussitôt rassuré. Je vous rappelle qu'il y avait contre vous une réquisition de deux ans de prison dont un avec sursis. Alors estimez-vous heureux. Vraiment. Un dernier conseil. Arrêtez vos conneries de gilet jaune. Les engins incendiaires. Les barrages. Et tout ira bien. Ils sont nerveux en ce moment les magistrats. On leur demande des peines exemplaires. Faut bien rassurer la populace. Leur donner des chiens crevés. Allez. Allez fêter ça, Pierre, parce que c'est quand même une sacrée victoire. Alors Pierre a appelé Tony avec qui il n'avait plus échangé un seul mot depuis que celui-ci avait été une putain de balance. Saleté de vichyste. Collabo. Le téléphone a longtemps sonné dans le vide et alors que Pierre allait raccrocher, la voix de Tony. Lointaine. Pierre ? Un silence. Des retrouvailles dans le silence. Un compagnon de guerre ne peut quand même pas être totalement une ordure. On a trop partagé. Respiré les mêmes gaz. Pris les mêmes coups. Et parfois rêvé des mêmes filles. Et ils se sont retrouvés dans leur bar pourri, à la frontière belge. Sont tombés dans les bras l'un de l'autre. On les a niqués, ces trou-ducs. Sûr. Du sursis, vingt dieux, on a eu du bol. Ceci dit, si on avait écopé ferme, ça aurait viré émeute. Les gars mettaient la ville en feu. Ils ont trinqué. T'es con, Tony. T'es con, Pierre. Voilà. La fraternité des écor-chés. Ils ont bu pas mal de bières. T'imagines, si les flics avaient deviné que c'était ton fils. Arrête. On serait en taule. Peut-être que ça aurait été le Jeannot notre gar-dien. Peut-être. Et ils se sont mis à rire comme des fous parce que le rire est une vague qui emporte toutes les hontes et toutes les peurs.

Vert véronèse

Et puis Djamila est sortie. Un ciel bleu, un vent froid. Premiers pas maladroits. Équilibre précaire. Comme une désagréable ébriété. Une danse d'ourse. Une fille dans un sac gris. Informe. Difforme. Il ne restait rien de son allure de biche. De ses longues jambes caramel. De ses bras fins qui avaient serré le garçon contre sa poitrine. Son cœur qui battait la chamade. Le *djilbab* la gommait. Elle était d'un troupeau désormais. D'une ressemblance. Habitait la prison des hommes. Elle a marché sans but, dans les rues de la cité aux noms d'oiseaux. Comme des injures, avait dit Bakki. Des injures. Elle regardait son ombre sur le trottoir. Une voile. Un nuage. Plus jamais une fille. Elle disparaissait au monde. Elle a croisé d'autres femmes comme elle. Elle a vu les visages résignés. Les regards éteints. La pâleur. Elle a vu toute une vie qui ne lui ressemblait pas, un crime parfait, et ses larmes ont délavé ses yeux de la plus belle couleur du monde, selon son petit amoureux. Mais ne pleure pas, Djamila. Sèche tes larmes. Et écoute.

Écoute le silence. La paix. *Salam*, ma sœur. Tu n'entends plus les sifflets des garçons. Plus les mots *mubtadhil*. Les mots *khanez*. Vulgaires. Pourris. Qui blessent et dégueulassent. Cette prison, c'est ta liberté de femme. Crois-moi, petite sœur. Je préfère les crachats à la prison, Bakki. Apprends plutôt à tes frères à respecter les femmes. Frère.

Or

Aurélien somnolait. Parfois, il était confus et Louise
soupçonnait les heures qu'il restait. Ils avaient écouté
une seconde fois les neuf mouvements du *Stabat Mater*
car Aurélien avait lui aussi été empoigné par la voix
d'Andreas Scholl – peut-être plus encore que par la
musique. Il avait dit c'est une âme qui danse. Une tristesse en fête. Ça rend la douleur humaine et les mères
inoubliables. Il avait ajouté que c'était sans doute la
pire des souffrances pour elles. Voir leurs fils torturés.
Irez-vous lui demander pardon pour moi, Louise ? Me
le promettez-vous ? Et Louise avait eu un sourire très
doux, elle avait répondu je crois que Dieu a effacé la
mémoire de votre maman pour qu'elle ne souffre pas
de votre départ, et Aurélien avait juste murmuré je vous
aime. Plus tard, elle l'avait de nouveau lavé. Essayé de
lui donner à manger mais il n'avait plus d'appétit. La
morphine et la scopolamine coulaient dans son sang. De
minuscules rivières pourpres empoisonnées. Ils avaient
parlé d'amour dans le silence. Ils avaient dérivé vers des

plages de sable blanc. Suivi des routes poussiéreuses.
Sauvages. Des routes de nuit. Ils avaient vécu des aubes
d'or et des matins blancs. Ils avaient regardé des gamins
pêcher en riant, avec des lances taillées dans des bam-
bous. Des mères courir après leurs foulards qui s'envolaient. Ils avaient vu des pères fiers mourir aux pieds de
leurs fils, une flèche imaginaire plantée dans le cœur.
Ils avaient traversé des brouillards. Survolé des lacs. Ils
avaient fait des enfants. Habité une maison. Roulé dans
l'herbe d'un jardin. Et puis le jour avait disparu et la
lune avait illuminé la nuit. Louise est allongée contre le
corps d'Aurélien. Il grogne. Soudain, ses mains s'agitent.
Cherchent à arracher la blouse de coton. Ils sont nombreux ceux qui veulent mourir nus. Elle les a observés,
Louise, toutes ces années. Ils tremblent. Ils quittent le
monde comme ils y sont venus. Dans la fragilité. Dans
le dénuement. Lorsque Aurélien est nu, Louise se dés-
habille à son tour. Leurs peaux se touchent. Leurs peaux
se fondent. Sa respiration est incertaine maintenant.
Il dit je veux jouir. Il dit je veux mourir. Elle sait qu'il
prie. Alors Louise embrasse le cou, la joue, les lèvres
sèches de l'homme qu'elle aime. Sa main effleure son
torse, son ventre, attrape son sexe et se met à le caresser. Doucement. Il gonfle dans sa paume, sans jamais
parvenir à la dureté d'un bois. Aurélien rit. Pleure. Ses
larmes coulent dans sa bouche. L'étouffent. Les doigts
de Louise accélèrent. Maintenant, elle pleure à son
tour. Elle pleure le chagrin. Elle pleure la joie. Le corps
d'Aurélien se tend lorsqu'il jouit. C'est une jouissance

193

épuisée. Un soupir de vaincu. Puis il retombe. Lourd et immobile comme une pierre. La main de Louise se referme sur le liquide tiède. En séchant, il lui colle les doigts. C'est fini. Le beau visage d'Aurélien est pétrifié dans un dernier sourire. Presque une grimace. Le sel des larmes a dessiné des lettres inconnues autour de ses yeux. Des mots illisibles. La respiration de Louise se calme. Son cœur ralentit. Elle n'a pas bougé d'un millimètre. Toujours fondue à lui. Toujours encastrée. Plus tard, elle attrape la jambe d'Aurélien et la fait chevaucher les siennes. Attrape son bras, qu'elle pose sur son ventre. Sa main, sur son épaule. Son autre main, sur sa joue. Elle s'encage. S'emprisonne en lui, comme dans un filet. Elle veut qu'il la serre encore. Qu'il l'étouffe. Elle reste longtemps immobile, nouée à lui. C'est un adieu qui s'éternise. Elle lui parle. Elle lui parle longtemps. Des mots inédits. Interdits. Des beautés. Mais voilà qu'il a froid. Alors elle se délie lentement. Coule hors de lui. C'est une naissance. Puis elle recouvre le corps pâle, un drap de légèreté. Une ombre. Attrape par terre sa blouse bleue, ses sabots blancs. S'éloigne pieds nus sur le sol frais de la chambre comme pour ne pas le réveiller. Le bruit presque inaudible de la porte qu'elle referme est celui d'un point final tout juste posé à la fin d'une phrase. Dans le couloir, elle se rhabille en titubant et, lorsqu'elle passe devant le bureau des infirmières elle lâche c'est fini. Je vous le laisse. Ses cheveux sont défaits. Son regard vide. Elle descend. Dehors, c'est la fin de la nuit. Devant l'entrée de l'hôpital, déjà des patients sont là, qui fument, arrimés à leur pied à perfusion. Un médecin aussi. Elle ne le connaît pas. Elle traverse le parking. La voilà sur le trottoir, qui marche vers les lumières, là-bas. Vers le bruit. Elle semble perdue. Le chagrin est un serpent qui efface la trace de nos pas. Elle entre dans le premier café ouvert. Arômes de moka éthiopien et de désinfectant. Elle s'installe au comptoir. Un homme, costume froissé, boit une bière en lisant *L'Équipe* de la veille. Leurs regards se croisent. Tous deux abattus. Il s'excuse presque pour sa bière. Je viens de finir ma nuit. Je rentre me coucher. Elle détourne la tête par peur du son de sa propre voix. D'une trahison. Elle enfouit la main dans la poche de sa blouse. Un café ? lui propose le bistrotier. Elle fait oui de la tête. Et un café, un ! lance-t-il, joyeux alors qu'il n'y a plus de joie, plus de vie, plus rien. Une nuit difficile à l'hôpital ? hasarde-t-il. Elle baisse la tête. Ne pas croiser le regard. Ne pas répondre. Il hausse doucement les épaules. Il comprend. Alors, il murmure je suis désolé. C'est un gentil gars. Il aime ses clients. Il s'intéresse. À six heures du matin, on ne vient pas simplement boire un coup dans son troquet. On vient se raccrocher. On vient se perdre. Disparaître même parfois. Les vivants, eux, arrivent plus tard. Dans la lumière du jour. Dans le brouhaha. L'aube est réservée aux clébards blessés. Corps battus. Âmes égarées. Louise se brûle les lèvres au café. Elle aime cette petite souffrance. Le moka emporte le goût de la peau d'Aurélien. Le patron lui en offre un second et, quelques minutes plus tard, quand le livreur apporte de la boulangerie un immense sac en kraft épais, rempli de baguettes, viennoiseries, douceurs, il en sort un croissant au beurre, doré, encore chaud. Le pose sur une assiette. Pose l'assiette devant elle. Cadeau, dit-il. Je connais ce regard. Alors Louise fond en larmes parce qu'il y a des gens qui sans le savoir vous empêchent de vous jeter sous un bus. Puis elle quitte le café tandis que d'autres arrivent. Employés de bureau. Chauffeurs. Étudiants. Elle retourne à Thomazeau. Sa voiture sur le parking. Elle conduit jusque chez elle. La maison avec des rideaux assortis aux fleurs. Le jour n'est pas tout à fait levé. Les lumières des lampadaires dessinent des bras d'ombres. Des menaces. Quand elle sort de sa voiture, elle aperçoit une forme grise devant sa porte. Sur le perron. Elle s'approche. Prudente. La forme s'anime. C'est Djamila. Engoncée dans une curieuse robe couleur galet. La tête dégagée. Ses beaux cheveux noirs aux reflets bleus ont disparu. Elle a une coupe courte. Brutale. Affreuse. Elle pleure. Elles tombent dans les bras l'une de l'autre et Louise en tremblant murmure, qu'est-ce qui nous est arrivé ?

Jaune

Faut faire péter Nobel Sport, a dit un jeune. C'est à Pont-de-Buis-lès-Quimerch. T'imagines le nom des mecs là-bas. T'as pas l'air con. Salut, je suis pondebuisien. Et moi pondebuisienne, ah, ah. C'est là qu'ils fabriquent les grenades lacrymo que les flics nous balancent sans arrêt à la gueule, a expliqué un grand type. C'est sûr que ça va vite péter alors, a réagi un autre. Problème. Il y a deux cents gendarmes et un hélico qui surveillent l'usine. Ouais, ben un jour, la surveillance, ça se relâche. Le samedi 30 mars, ça discutait ferme sur le rond-point. On suivait les infos sur les portables. C'était mou partout. Les flics quadrillaient tout. À Paris, il y avait eu 12 000 contrôles. Tu te rends compte ? Tout est bloqué. Les keufs chargent pour un rien. Et l'autre fêtard, là, s'est emballé le grand type, attends un peu qu'il fasse tirer sur la foule. Tu vas voir. Pendons-le ! a lâché Jean-Mi dans un nuage de fumée. Le jeune président disait qu'il comprenait les colères mais les colères ne retombaient pas. 789 gaillards

197

allaient se faire lourder de Castorama et de Brico-Dépôt. Onze magasins allaient fermer. Le ticket du TER venait d'être très fortement majoré dans les trains. Une arnaque tout ça, commentait un gars, abattu. Ça continue, le foutage de gueule. Vers la fin de la matinée, Tony et Pierre étaient arrivés à bord du Kangoo. Ils l'avaient arrêté en plein milieu du giratoire. Quand ils en étaient sortis, on les avait applaudis. Même Julie. Sacrées paires de couilles, ces deux-là. Des combattants, des vrais. Un an avec sursis, le mec. Moi, je dis respect. Pierre avait ouvert le coffre et commencé la distribution de la bouffe périmée qui avait été jetée à Auchan. Avec Tony, ils avaient fait les poubelles à l'aube, avant que passent les camions. Récupéré tout ce qui pouvait l'être. Jambons. Yaourts. Viandes. Gâteaux. Fromages. Fruits. Les gens étaient venus nombreux. Les guerres affamaient. Dépouillaient les regards. Plus tôt, dans la voiture, Tony avait demandé d'où tu changes comme ça, Pierrot ? On dirait que t'es un saint maintenant. Et Pierre, le visage grave, avait répondu c'est à cause d'une femme qui avait faim, dont les enfants avaient faim, dont le mari avait faim, et qui a volé du vernis à ongles. La faim, la honte, ne peuvent pas en plus te déshabiller de ta dignité. La bouffe qu'on a récupérée, Tony, c'est mon vernis à ongles à moi.

Verts

Alors Hagop Haytayan raconte que Louise l'a appelé. Il était dans la cuisine de la ferme quand le téléphone a sonné, une pièce immense, dotée d'une cheminée qui aurait pu, selon Katchayr son père qui l'avait construite de ses mains, cuire les sept cents kilos d'un bœuf sur pied, en train de savourer le *haykakan sourdj*, le café qu'il préparait et qu'il aimait épais, serré comme l'argile de la plaine de l'Ararat. Le jour venait de se lever, dit-il. La voix de Louise semblait encombrée. Elle parlait de Djamila. Ses cheveux. Un massacre. Je ne comprenais pas ce qu'elle voulait dire. Elle respirait fort. Elle disait qu'ils la forçaient à porter un *djilbab*. Qu'elle voulait mourir. Que sa vie était foutue. Calmez-vous, Louise. Elle m'a répondu je ne peux pas être calme. Personne ne peut être calme en ce moment. Puis il y a eu un silence. Ses larmes. Et elle a murmuré il est parti cette nuit. Je l'ai perdu. L'homme qu'elle avait rencontré à l'hôpital. Elle l'avait évoqué avant de me demander si Geoffroy pouvait rester quelques jours à la cabane. Le temps de ce départ, justement. Un dernier lien. C'est une bien curieuse histoire d'amour, vous ne trouvez pas ? Je la trouvais tragique mais la voix de miel de ma mère m'a soufflé à l'oreille que c'était là une histoire d'amour bien plus belle encore que celle du valeureux Vahagn et d'Astghik, la bien-aimée du dieu du Feu, qu'on louait anciennement, dans le Petit Caucase. L'histoire même de l'amour. Bien plus grande que nos carcasses humaines ne peuvent en contenir. Louise voulait que je lui amène son fils. Que j'essaie de lui parler en route. J'ai aussitôt posé mon café, chaussé mes bottes et marché jusqu'à la cabane. Il y avait une lointaine odeur de moisissure dehors. Le poêle était toujours chaud et le garçon dormait encore. Je l'ai laissé à ses rêves le temps de lui préparer son chocolat chaud. Hagop rit. Il précise que l'enfant lui avait donné des instructions très strictes. Le lait d'abord. Puis la cassonade. Enfin le chocolat. Dans cet ordre-là, Hagop, c'est très important. Et puis je l'ai réveillé doucement. Il n'a pas eu peur. Il a souri. Il m'a donné de la force, ce sourire. La force d'un grand frère. La force d'un arbre. Mais lorsque je me suis assis sur le lit, que je lui ai tendu la tasse de chocolat, préparé selon tes consignes, Geoffroy, les forces m'ont aussitôt abandonné. Des larmes sont montées à mes yeux. Des larmes. Et moi, Hagop Haytayan, fils de Katchayr et d'Antarame, héritier d'un peuple sans cesse massacré, à la fin du dix-neuvième siècle par Abdülhamid II le Boucher puis, plus tard, sur ordre des félons turcs Ismael Enver le Chien, Talaat Pacha la Crevure et

Djemal Pacha le Viandard, honte à leurs mères, honte à leurs fils jusqu'à la dernière génération, moi, qui n'ai jamais pleuré en hommage aux souffrances de mes pères décapités, je me suis mis à pleurer devant le garçon quand je lui ai dit que Djamila avait des ennuis. Qu'elle avait besoin de lui. Que le monde était en train de basculer et que c'en était fini cette fois de nos enfances. Geoffroy n'a rien dit. Il a bu son chocolat. Puis quand il l'a eu terminé, il m'a juste demandé pourquoi ? Pourquoi quoi, Geoffroy ? Pourquoi on a des ennuis ? C'était une question difficile, surtout de la part d'un petit prince de la logique. Écoutez ceci. Un jour que nous étions tous les trois avec Djamila, il m'avait interrogé sur le racisme parce qu'un gamin de l'école avait traité son amie, ce sont des mots terribles et je m'excuse d'avoir à les prononcer, de « sale bougnoule » et de « pute à queues comme toutes les Arabes ». Je lui avais expliqué que c'était une doctrine insensée qui prônait une hiérarchie des races et qu'en son nom, des gens s'arrogeaient le droit d'humilier, de frapper, de tuer même, des personnes qu'ils estimaient inférieures, à cause de la couleur de leur peau. De leur religion. Leur sexe. Leur origine. Comme Djamila ? Oui, Geoffroy, comme ton amie. Comme le peuple de qui je suis et que les scélérats vandalisent encore. Comme le garçon que tu es. Geoffroy avait alors fait cette chose avec ses sourcils (Hagop fronce les siens), puis après un long silence, il avait dit : l'exactitude de la mathématique explique les choses. Et c'est rassurant parce que c'est irréfutable.

Puis il avait regardé Djamila du coin de l'œil et il avait ajouté : mais depuis que je te connais, je crois qu'il existe aussi une vérité poétique. Et elle me fait peur, car elle se situe dans le cœur. Pas dans le cerveau, qui est un ordinateur. Si cette vérité est possible, alors on devrait tous se mélanger. On gommerait ainsi le blanc, le noir, le rouge, le jaune et il n'y aurait plus qu'une seule couleur. Celle de l'être humain. On ne peut pas être raciste envers soi-même. Djamila avait frappé ses mains. C'est exactement ça la poésie, Geoffroy ! C'est tout ce qui peut changer le monde en beauté. Même si c'est illogique. Mais l'illogisme est encore une forme de logique, avait commenté le garçon malicieux. Alors, poursuit Hagop après cette longue explication, je lui ai répondu que les ennuis venaient quand les hommes avaient perdu le sens de la poésie. Étaient restés sourds aux murmures du cœur. Le garçon s'est habillé et nous sommes partis. Dans la voiture, il était agité. Il a commencé à taper la vitre avec son front. De plus en plus fort.

Rouge commanche

C'était quand même une curieuse voiture. On se retournait parfois sur son passage. Elle évoquait sans doute une certaine audace française à une époque où une relative frilosité était de mise dans l'industrie, le péquin moyen se méfie de la nouveauté, président, méfions-nous, et même si sa commercialisation avait finalement été un échec, il y avait eu quelque chose de grisant à avoir osé. Hagop Haytayan venait de descendre de sa Matra-Simca Rancho rouge commanche (avec deux *m* – allez savoir pourquoi). Cabossée. Rouillée. Mais vaillante. Un petit côté schlitteur qui débarque en ville, le Hagop. Il a ouvert la portière côté passager. Geoffroy n'a pas bougé. Son front saignait. L'Arménien a décroché la ceinture de sécurité, je vais prendre ta main, Geoffroy, si tu es d'accord, je vais t'aider à sortir. L'enfant grognait. Il avait peur. Mais il ne savait pas que c'était de la peur. Il ne comprenait plus. Le mot ennui. Le mot poésie. Ennui, quand les élèves l'avaient battu dans la rue. Forcé à regarder des images pornographiques. Poésie, quand Djamila sent l'herbe coupée. Quand il est son insecte. Quand ses joues rosissent. Quand son cœur s'emballe. Quand elle lui touche la peau et qu'il ne sait plus s'il a froid ou s'il a chaud. Il était désorienté. Les choses s'étaient déréglées dans sa tête. C'était bruyant, insupportable. Des coups de marteau. Des mèches de perceuse électrique. Des hûlements. Des grillons. Il perdait pied. La terre était molle. L'asphalte fondait. On ne pouvait pas mesurer une enjambée si le pied s'enfonçait et avançait à la fois. Il y avait trop d'angles associés. Trop de calculs à faire. Il est retombé sur le siège de la drôle de voiture qui sentait les légumes, les fruits trop mûrs et la mousse des pierres. Sa tête tournait. Les chiffres se mélangeaient dans son cerveau. Une bouillie. Comme le ciel carotte sur l'horrible tableau du moulin peint par son grand-père. Et puis la porte de la maison s'est ouverte. Quelqu'un qu'il n'avait jamais vu est sorti. A couru vers lui. Il a immédiatement perçu les couleurs. Les menaces. Le noir des cheveux très courts. L'anthracite des chaussures. Le gris de pierre de la robe. Le cendreux de la peau. Toutes les couleurs horreur. Plus la silhouette sombre s'approchait plus vite son corps se balançait. Son torse cognait maintenant la planche de bord. BAM. BAM. Il ne ressentait pas la douleur. BAM. BAM. Et soudain, il a vu le vert véronèse et tout en lui s'est figé. Djamila s'est agenouillée pour être à sa hauteur. Elle a poussé un cri en voyant la coupure sur son front. Il fixait ses yeux. La couleur de ses yeux. Une pièce du puzzle. Le tout dans un détail. C'était une idée complexe. Il y avait beaucoup réfléchi, lui qui du monde ne percevait que les éclats. Jamais l'ensemble. Mais ce vert-là, il savait. C'était elle. Entièrement elle. Alors il a cessé de grogner. De se balancer. Son corps s'est détendu. Les bruits dans sa tête se sont tus. Il avait retrouvé son île. Sa cabane. Et pour la première fois de sa jeune vie, il a ouvert les bras pour y accueillir quelqu'un et Djamila, en larmes, est venue s'y réfugier. Je suis allée chez toi et tu n'y étais pas.

Blanche

La photo avait été publiée sur un quart de page dans l'édition du dimanche de *La Voix du Nord*. Sous le titre « Le bon samaritain », on voyait Pierre, à l'arrière du Kangoo, distribuer de la nourriture à une bonne centaine de gens dont certains tendaient les bras comme ces millions de réfugiés affamés, épuisés, dans les camps d'Afrique et d'ailleurs, sauf qu'ici c'était la France, sixième pays le plus riche du monde avec près de deux mille cinq cents milliards d'euros de PIB. Assis seul à la terrasse frileuse d'un café, à l'heure de l'apéritif, Pierre avait longuement regardé la photo du journal en sirotant son demi et oui, il était fier, et oui, il se sentait important. Cependant, quelque chose de cette image l'asticotait. Lui en rappelait une autre. Mais laquelle ? Il avait commandé une nouvelle bière, d'autres cacahuètes. Autour de lui, les gens parlaient fort, riaient, buvaient des kirs ou des martinis. La fin de matinée du dimanche était une étonnante parenthèse après le marché, le boulanger, le fleuriste parfois, et avant le repas en famille. À quelle image pensait-il ? Et soudain, il a trouvé. L'aube brumeuse du 15 décembre. La froidure. L'arrivée en Kangoo devant le centre des impôts, au point mort pour ne pas faire de bruit. Les gars qui attendaient. L'autre bagnole, le coffre ouvert. Et dans le coffre, les putains de cocktails Molotov. Sa colère incendiaire. Son gamin qui tremblait. Tapait son casque anti-bruit pour ne pas entendre ses ordres. Balance-le, je te dis, balance-le ! En superposant ces deux images dans son esprit, Pierre a souri. Il avait fait du chemin. Retrouvé le goût de la générosité. Le goût de l'autre. Waouh. Il ne s'était pas senti aussi bien depuis longtemps. Il allait appeler Louise. Il allait lui raconter tout ça. Lui parler de la joie d'Alice Suarez. De son vernis à ongles qui avait tout déclenché. Des joues de son amie, roses comme du jambon. De la reconnaissance des autres femmes qui s'étaient présentées depuis, auxquelles il avait indiqué les rayons peu surveillés, les produits à barboter derrière une colonne parce qu'il y avait un angle mort pour la caméra. Lui dire qu'il devenait un autre homme. Que sa colère s'évanouissait. Qu'il ne cassait plus les choses. Qu'il avait eu sa photo dans le journal. Qu'on l'avait appelé le bon samaritain. Du nom d'un personnage que le Christ, dans une parabole, avait évoqué comme exemple de charité désintéressée. Tu te rends compte, Louise ? Oui, il allait l'appeler. Lui dire qu'il était désolé. Lui dire qu'il l'aimait. Qu'il voulait la retrouver. Connaître son fils dont elle avait dit qu'il était fait autrement que les autres, mais qu'il était le monde. Il l'appellerait demain. Ou mardi. Oui, mardi. Bonne idée. Il sortait plus tôt le mardi. En tout cas, le mardi matin on avait à nouveau publié la photo du bon samaritain dans le journal, mais cette fois avec le titre suivant : LICENCIÉ POUR AVOIR VOLÉ DANS DES POUBELLES.

Noir corbeau

Dans la chambre de Geoffroy où ils étaient seuls, Djamila a pris la main du garçon et l'a posée sur sa tête. Elle lui a fait éprouver ses cheveux courts. Drus. Faire connaissance avec sa coiffure affreuse pour que les hommes ne la regardent plus. Puis elle a fait glisser la main sur son front, son nez, sa bouche. Ses lèvres se sont entrouvertes. Sa langue a léché les doigts du garçon. Il a tressailli. Mais elle a continué. Ses doigts avaient un goût de chocolat. Puis elle a dirigé la main vers son cou. Sa poitrine. Elle l'a maintenue sur ses seins. Djamila a fermé les yeux, elle a poussé un long soupir et le garçon la regardait sans comprendre ni les yeux clos ni le soupir. Elle a souri. Elle a dit ta main me fait me sentir belle et j'avais besoin que tu me trouves belle. Il a dit j'ai eu mal parce que je ne t'ai pas reconnue.

Bleu

Voilà à peine deux heures, Aurélien était mort. Quelque part. Dans les frimas de l'aube. Parti dans le bleu du mur de la chambre. Le bleu infini. Il ne l'avait jamais vue dans sa jolie robe longue. Les lèvres maquillées d'un rouge vif. Un brushing léger. Il ne l'avait jamais attendue en bas de l'hôpital, un jour de pluie, une tête de chien mouillé, son sourire immense, la fossette de l'enfance sur sa joue. Ils ne s'étaient jamais retrouvés dans une chambre d'hôtel. Sur un quai de gare. Dans un baiser de cinéma. Elle ne l'avait jamais vu goûter un grand vin, faire rouler le liquide sous sa langue, l'avaler, grimacer et lancer au sommelier, pour la faire rire, eh bien non, désolé, c'est du jus de chaussette votre truc. Ils ne s'étaient jamais dit à demain. Jamais parlé au futur. À l'instant même où il était entré dans sa vie, il en était sorti. Ils avaient vécu à l'effarante vitesse d'un coup de foudre, quatre mille kilomètres par seconde, et leurs secondes étaient comptées. Une poignée. Toute petite poignée.

Il lui semblait flotter ce matin. Être hors du temps. Du monde. En rentrant chez elle, encore vêtue de sa blouse bleue d'hôpital, chaussée de ses vieux sabots de plastique blanc en éthylène-acétate de vinyle qui couinaient, elle avait envie d'être seule. De s'allonger sur son lit. Se couvrir de toutes les couettes, tous les draps, les serviettes, tous les vêtements de la maison. Disparaître dans le noir. Dans le silence. Et lui parler encore. Écouter encore ses derniers mots. Goûter encore sur ses doigts ses odeurs d'homme. S'endormir contre sa peau. Elle aurait voulu être une femme désespérée pour une heure. Un jour. Deux jours. Jusqu'à sentir le fauve de l'amertume. Être une femme amputée. Une folle. Mais il y avait Djamila qui l'attendait sur le perron de la maison. La gamine qui voulait mourir, elle aussi. Alors l'amoureuse s'était effacée. La maman avait repris le dessus. Et puis Hagop avait ramené Geoffroy et les enfants avaient passé un moment ensemble, dans la chambre de son fils, car ces deux-là savaient se réparer. Louise avait regardé Hagop, ils s'étaient souri, comme on se tend la main dans un naufrage. Tous deux savaient que chacun des enfants était la pièce manquante de l'autre. Qu'ils existaient désormais par la relation qui les liait. C'est un grand amour qui les jumelle, avait murmuré l'Arménien, et les yeux de Louise avaient brillé car elle pensait à celui qui l'avait brièvement fusionnée à Aurélien. Deux liquides miscibles. Les deux enfants étaient maintenant assis côte à côte, à la table de la cuisine. Hagop, face à eux, faisait son *haykakan sourdj*, mixture sombre, épaisse, *ourakhatsenek ! ourakhatsenek !* Régalez-vous ! Régalez-vous ! et Louise préparait un nouveau pot de chocolat chaud. Lait, cassonade, cacao, je sais. Djamila avait une nouvelle fois raconté Bakki et Lizul. Le *qamis* en hommage au Prophète. La barbe qu'ils laissaient pousser parce qu'il était dit qu'elle incarnait la beauté et la plénitude de l'apparence masculine et que cela faisait partie des dix actions relevant de la *fit'ra* – l'attitude naturelle par laquelle on irait vers Dieu. Et ce *djilbab* qu'ils avaient acheté pour elle. Les menaces, si elle ne se conformait pas à leurs exigences. Une fille obéit. C'est tout. Elle avait dit je n'irai pas à l'école habillée comme ça. Je suis libre et je m'appartiens. Je suis française. Mes frères ne sont pas mes pères. Louise avait tenté de la calmer. Essaye une semaine, Djamila, jusqu'aux vacances de Pâques. Après vous passerez tout le temps que vous voudrez à la cabane. Le corps du garçon avait recommencé à se balancer d'avant en arrière. Bakki ne me laissera jamais, a opposé Djamila. Il m'a interdit de voir Geoffroy. Il l'a même insulté. *A'hmar*. L'idiot. Le débile. Louise et Hagop mesuraient l'étendue du feu à venir. La violence qui s'annonçait. Le ciel virait au noir soudain, chargé de corbeaux qui crevaient les yeux. Alors Hagop a pris la parole d'une voix très douce, très ancienne. Les mots qui traversent le temps sont sages. Ils sont la lumière. Ne quitte jamais tout à fait d'où tu viens.

N'abandonne rien en chemin de ce que tu fus. Tu es venu avec le monde en toi. Voilà ce que me chantait ma mère de miel tandis que je grandissais. Si on ne les protège pas, Louise, si on ne les sauve pas, ces deux enfants seront assassinés.

Noir

Putain. Ces cons avaient vu la photo dans le journal. Ils l'avaient convoqué le lundi matin dès son arrivée. Pas le temps de s'équiper au PC Sécurité. Deux collègues étaient déjà là. Plus baraqués que lui, *of course*. Aérosols anti-agression bien en évidence. DRH, ils ont dit. On t'accompagne. L'un d'eux avait murmuré qu'il était désolé. C'est quand même chouette que t'aies fait ça. Juste naze que tu te sois fait prendre. La DRH avait la page de *La Voix du Nord* devant elle. Elle avait parlé de faute lourde. De mise à pied à titre conservatoire. De convocation à un entretien préalable. Il n'écoutait déjà plus. Faute lourde, comme lourdé. C'était plié, c'est tout. Pas d'indemnité compensatrice de préavis. Pas d'indemnité de licenciement. Juste les congés payés. Au prorata. Vous comprenez ce que je vous dis, monsieur Delattre ? Vous comprenez ? Alors monsieur Delattre s'était assis sur le siège moelleux sans qu'elle l'y ait invité et elle avait eu un imperceptible mouvement de recul. Les gens étaient parfois violents. Elle avait eu une dent cassée deux ans plus tôt. Il l'avait longuement regardée dans les yeux. Vrillée. Puis il lui avait juste demandé, d'une voix très calme, vous avez déjà eu faim, madame Guigou ? Faim. Pas le petit creux de 11 heures parce que vous n'avez avalé que deux biscottes light le matin. Faim. Des douleurs au-dessus du nombril. Des contractions. Des nausées. Des maux de tête. Et pire encore. La honte. La honte d'avoir faim. Et la femme qui n'avait jamais eu faim n'avait pas baissé les yeux. Elle avait simplement tendu la convocation à l'entretien préalable de licenciement. Pierre avait signé. Et ç'avait été tout.

Bleu

Les enfants sont partis dans la forêt avec Hagop. Louise est repassée à Thomazeau. Dans le bureau des infirmières, Brigitte lui tend un mot. L'écriture d'Aurélien, soupçonne-t-elle. Tremblante. Comme celle d'un vieillard. « J'ai quitté le monde. Mais je ne te quitte pas. » Brigitte a rattrapé Louise au moment où elle tombait.

Gris

La cité. Rue des Colombes. Premier étage. Au plafond de la petite cuisine jaune, un néon blanc creuse
les visages quand il est allumé – soit toute la journée
puisque la fenêtre donne sur une muraille sombre
couverte d'injures. À côté du frigo, cloué au mur, un
tableau avec calligraphie de la *chahada* ainsi que d'un
verset coranique : « Et n'adore point d'autre divinité en
dehors d'Allah. » À table, la chaise de Djamila est restée
vide et Bakki a demandé à son père où est leur sœur.
Ahmed a levé ses mains brûlées, comme deux flammes,
deux torches, sur ta mère, a-t-il répondu, sur ma Lahna
ta mère, ma Princesse, elle est chez une amie. Quelle
amie ? a aussitôt interrogé son second fils. Lizul. Là,
là, j'ai noté, fils. Regarde. Un nom français. Lemaître.
Jeanne. Des *kafir*, par Allah. C'est une camarade de
classe. Elles travaillent sur un DNS. Ne me demande
pas ce que c'est. Mais c'est très important pour les
notes. *Haja mliha.* Le passage en seconde. Elle a appelé
tout à l'heure. Elle voulait te parler, Bakki. À toi. Te

demander ta permission. Mais tu n'étais pas là. Alors tu lui as donné la tienne ? Eh, je suis encore son père. Et puis sa mère aussi, un petit peu. Depuis qu'elle est née. J'ai repassé son linge, fils. J'ai lavé ses cheveux. J'ai chanté à son oreille. J'ai parlé à la vieille Maïssa Ayadi quand j'ai vu le sang sur ses draps. Tais-toi, père. Alors oui, j'ai donné ma bénédiction à Djamila ma fille pour qu'elle passe cette nuit et le week-end chez son amie. Elle est partie tôt. Elle avait enfilé le *djilbab* gris. Elle était fière de le porter. Elle était belle. *Kanat zina*, mes fils. Croyez-moi.

Anthracite

Le vingt et unième samedi avait été un four. À peine 22 300 manifestants dans toute la France. Quelques centaines à Rouen où ils avaient brûlé des poubelles et un engin de chantier. 3 500 à Paris. PETITS JOUEURS, a lâché Tony. Le cortège était passé boulevard Voltaire et, à la hauteur du 50, devant le Bataclan, on avait observé une minute de silence. Le garçon aurait précisé que cela revenait à avoir consacré 0,6 seconde par victime morte. Même pas le temps de prononcer le prénom de l'une d'elles. Des gaillards avaient tenté de bloquer le périphérique à la hauteur de la porte de Champerret et aussitôt, les grenades avaient volé, les yeux avaient pleuré. Dans quarante-huit heures maintenant, le Premier ministre allait faire le bilan du grand débat, grande couillonnade ouais, tonnait Tony. Ici, pour la première fois depuis presque cinq mois, le rond-point était resté désert. Les jeunes n'y croyaient plus. Ou alors à la baston dure. Au chaos. Et pour ça, ils montaient à Paris. Julie et Jeannot ne s'étaient même pas levés. Grasse matinée pour une fois. Ricoré. Pain grillé. Confiote de fraises. Il pleuvait sur la France. Les défilés étaient tristes. On avait entendu des gens crier « Macron, dégage pour de bon ! » mais la rime était sans joie. Le désespoir n'est pas très bon poète. Une association, TBAP, pour « Toujours Bon À Prendre », avait contacté Pierre à la suite des parutions dans *La Voix du Nord*. On souhaitait le recruter pour réparer une injustice, mais surtout pour qu'il aide l'association à récupérer les invendus des magasins, les produits dont la date limite de vente arrivait à son terme, et pourquoi pas les plats restés en rade dans les restaurants, et pourquoi pas créer une appli. Oh, on n'est pas bien riches, avait expliqué mademoiselle Renart, mais on a de quoi vous proposer un smic. Robin des Bois avait souri. Son sourire d'homme heureux. Il avait dit ça m'intéresse, c'est sûr. Vaut mieux balancer de la bouffe que des pavés, ça va plus loin. Et il s'était repris aussitôt. Excusez-moi. Pardon, pardon. Ce n'est pas ce que je voulais dire. Je veux dire que c'est une façon plus intelligente de faire la guerre. Mais mademoiselle Renard n'entendait pas, prise qu'elle était par un délicieux éclat de rire. Plus tard, Pierre passerait à l'association. On lui expliquerait tout. Il aurait même à sa disposition une petite camionnette Fiat Scudo anthracite. Vous avez bien le permis B, Pierre ? Je peux vous appeler Pierre ? Moi, c'est Adeline. La trentaine. Ample. Robe à fleurs. Joli sourire. Dents de lait. Il signerait un CDI. Un mois d'essai. Il fêterait ça seul à la pizzeria du coin. Une margherita. Oui, avec du basilic, s'il vous plaît. Il boirait des bières. De la Jenlain, tiens. Il rêverait à tout ce qu'il dirait bientôt à Louise. Tu ne me reconnaîtrais pas. Je fais les choses bien maintenant. Je vais péter le système en me servant du système. Au troisième demi, il savait qu'il était embarqué dans ce monde qui changeait. Irréversiblement. C'en était fini du gâchis. Des politiciens de merde qui ne résolvaient jamais rien. Qui flambaient notre pognon. Ne rendaient jamais de comptes. On n'avait plus besoin d'eux. On allait remettre l'humain au milieu. Chacun de nous au centre. Respecter l'importance de chaque vie. Retrouver le goût de vivre. Le goût de l'eau. Le goût du pain. Louise le reprendrait, c'est sûr. Il apprendrait à aimer son garçon. S'il le faut, il consulterait un spécialiste, se ferait aider. Oui. Il ferait tout ce qu'il faut. Absolument tout. Et tout rentrerait dans l'ordre. Tout. C'était sûr.

Vert

Louise ne pleurait plus. Elle était allongée sur le lit de repos, dans le bureau des infirmières. Plus tôt, Brigitte lui avait fait avaler un demi-cachet de Valium avec une gorgée de thé vert. Elle laissait son âme dériver. Il lui avait semblé retrouver le goût salé de sa peau sur ses lèvres. Elle avait cru entendre de nouveau sa voix au creux de son oreille. Elle s'était vue avec lui. Ils se tiennent par la main. Il la fait rire. Il lui promet qu'il sera toujours là et elle le croit. Ils sont beaux. Sur le trottoir, elle danse pour lui et les passants sont charmés. Ça change de ces fous furieux en trottinette. Dans le petit parc, ils sont assis sur un banc face à un bras de l'Escaut auquel le soleil donne des reflets diamantés. Le courant est plus rapide qu'en hiver. Il entraîne des plumes de canetons, de cygnons. Elle lève les yeux. Elle n'avait jamais remarqué les premiers jaseurs dans les bouleaux. Les bruants dans les prunus. Avant, elle ne regardait pas. Avant, elle ne savait pas. Ils sont silencieux. Ils ressentent les mêmes choses, Aurélien et elle. Sont habités par la même joie. Puis voilà que le brouillard les recouvre et quand il se dissipe, elle reste seule. Aurélien s'est évaporé. Il n'en reste que des gouttes d'eau sur ses joues. Sur la pulpe de ses doigts. Mais Louise ne pleure plus. Elle veut juste être effacée elle aussi. Brigitte est revenue auprès d'elle après avoir accueilli et installé un nouveau patient. Femme. 58 ans. Glioblastome stade 4. Extrêmement confuse. Déformée par la cortisone. Un regard d'enfant. Une errance. Et un sourire qui semble vous dire merci. Il y a des gens qui partent sans colère. Qui savent que, même si c'était court, c'était quand même beau. La vie. Tu comprends ce que je te dis, Louise ?

Jonquille

À trois cents mètres de la cabane, se trouvait la ferme Haytayan. C'était une vaste bâtisse à cour fermée. On y comptait, outre la partie dédiée à l'habitation, une grange, un jardin, un maraîchage et une vacherie, laquelle, au fil du temps, et dans l'attente de la grande déchetterie écologique promise par deux générations de maires, était devenue un immense débarras pour les villageois qui n'hésitaient pas à y déposer une voiture hors d'usage, une machine à laver irréparable, un vieux four – un paradis de ferrailleur en somme. Hagop Haytayan produisait d'excellents légumes anciens, panais, crosnes du Japon, rutabaga, cardons, arroches – qu'on appelait aussi choux d'amour –, et des fruits savoureux qu'il vendait au marché du samedi quand les habitants du village n'avaient pas déjà tout acheté directement sur place. Avec les enfants, il venait de transporter divers objets de la ferme à la cabane afin qu'ils y soient confortablement installés. Une grande table. Deux lampes à huile – ça vaut toutes les électricités du monde, avait-il dit.

Des couverts supplémentaires. De la vaisselle. Quelques étagères pour les livres du garçon. Des draps pour couvrir les fenêtres en attendant d'acheter des rideaux. Des vieux coussins joufflus. Hagop avait rentré quelques rondins de châtaignier et de chêne et Djamila composé un petit bouquet avec les premières jonquilles des bois et quelques jacinthes sauvages. On aurait dit qu'un monde nouveau s'installait ici, avec ses premiers colons. Un garçon de 13 ans. Une fille de 15. Un peuple de deux personnes. On se prenait à rêver avec eux d'un monde meilleur, mais il faut se souvenir de la voix de miel d'Antarame, lorsqu'elle chuchotait aux oreilles de son fils que les forêts obombrent aussi des démons de l'ancien monde.

Bleu canard

Les Lys du Hainaut est une résidence pataude de deux étages, à la façade majoritairement couverte de briques – histoire de bien rappeler qu'ici on est dans le Nord, qu'on a connu les guerres, pris des milliers de tonnes de bombes sur la tête, mais qu'on a survécu. Qu'on a reconstruit comme on a pu. Avec ce qu'on avait sous la main, à savoir cette terre argileuse crue, qu'on séchait au soleil lorsque Dieu pensait à nous et qu'on finissait par cuire au four parce que Dieu nous avait oubliés. Ici, pas de chichis, messieurs dames. De l'âpre. Du velu. La façade s'essayait malgré tout à l'égaiement au moyen d'un petit store rayé de blanc et de jaune, de trois buissons de petite taille afin qu'aucun pensionnaire n'ait l'idée saugrenue de s'y cacher et, près de l'entrée principale, lorsque la météo s'y prêtait, d'une table et de quelques chaises vertes en plastique. Dès qu'on pénétrait dans le hall, un bleu canard sautait aux yeux, parfois à la gorge, qui couvrait certains murs, canapés, carrelage, un bleu fait de turquoise et de vert forêt qu'on aisait être un mélange d'empathie et de tranquillité, censé inspirer la confiance et ouvrir les esprits. Hum, hum. Louise s'est présentée à l'accueil. Elle a demandé à voir madame Cuvelier. Et vous êtes ? Sa belle-fille. Ah, d'accord. La jeune femme a consulté l'écran de l'ordinateur devant elle. On vient de finir ses soins, a-t-elle précisé. Elle est au deuxième, chambre vingt-six. Vous restez avec elle pour le déjeuner ? C'est dix euros. Louise a souri. Je ne crois pas, mais merci. Elle a pris son badge Visiteur puis a rejoint l'étage appelé « Unité de vie protégée » et elle a pensé à l'hypocrisie des mots car enfin ce n'était pas la vie qu'on protégeait ici mais les regards des autres sur ces vies qui s'échappaient par les yeux, les vessies et les culs, les bouches, les cathéters, les cris et parfois même les silences de mort. Quand elle a frappé à la porte entrouverte de la chambre vingt-six, il n'y a pas eu de réponse. Alors, elle a poussé le battant. Elle est entrée. Dans un fauteuil bleu canard, le regard dans le vide, se tenait la maman d'Aurélien. Une petite chose froissée. Une délicatesse de dentelles. Une Madeleine Renaud. Et puis dans l'air, une odeur de Saforelle. Elle a levé le visage vers Louise. Elle a souri. Louise s'est approchée. S'est assise sur le bord du lit. Elle a dit je m'appelle Louise. C'est joli Louise. Je m'appelle Louise et je suis envoyée par votre fils Aurélien. Ses yeux se sont embués. Je viens vous demander pardon. De sa part. Madeleine Renaud l'a considérée un moment puis a demandé quelle bêtise il avait encore faite. C'est un sacré sacripant, celui-là.

227

Son visage s'est illuminé. Hier il a fabriqué un sténopé, vous vous rendez compte. Son visage s'est éteint. Et son frère l'a cassé. C'est un envieux, celui-là. Mais Aurélien n'est pas ici. Il est en classe. Louise a séché ses yeux. Elle a dit oui, il est en classe. En classe de géographie même. Je suis venue vous dire qu'il rentrera ce soir un peu plus tard que d'habitude car il est retenu pour avoir oublié son cahier de correspondance. Voilà. Madeleine a relevé la tête. C'est vous qui me donnez à manger aujourd'hui ?

Roux ou gris

Il a fait un temps magnifique ce dimanche-là. Les enfants avaient dormi dans la petite chambre de la cabane. Ils avaient, c'est vrai, mis un certain temps à s'organiser parce que le garçon ne s'était jamais couché à côté de quelqu'un. Il était nerveux. Il avait édicté quelques règles. Être à trente centimètres du mur. Avoir un oreiller plat. Pas de couverture de laine. Aucune. Ni mérinos. Ni alpaga. Ni mohair. La laine lui brûle la peau. Il peut hurler. Se gratter jusqu'au sang. Rien que du coton. C'est tout. Laisser allumée une lumière très faible dans la pièce (la lampe à huile était parfaite). La porte entrouverte. Dix centimètres. Maximum. Djamila l'avait regardé s'installer. Elle le trouvait beau. Précieux. Elle avait dit tu peux prendre toute la place si tu veux, je me ferai toute petite, et elle avait de nouveau senti ces deux braises sur ses joues car il lui semblait que là encore c'étaient des mots d'amour qu'elle avait prononcés. Plus tard, alors qu'ils étaient enfin tous deux allongés, le garçon avait expliqué qu'ils étaient homéothermes. Djamila avait étouffé un gloussement. Ce qui signifie que malgré les variations extérieures de température, la nôtre reste plus ou moins stable. Contrairement aux poissons ou aux serpents par exemple, qui sont poïkilothermes puisque leur température varie avec celle de l'environnement. De fait, pour s'endormir, on doit favoriser la chute de la température du corps et – Djamila l'avait alors interrompu d'une voix douce, pourquoi tu ne me demandes pas juste d'ouvrir un petit peu la fenêtre, Geoffroy. En effet. C'est une solution. Dans la nuit, Djamila avait recouvert le corps du garçon avec le drap. Elle s'était levée pour nourrir le feu. Elle s'était enroulée dans la couverture. Assise sur le lit, elle l'avait regardé dormir. Il était alors comme les autres. Comme tous les garçons du monde. Mais elle aimait ses bizarreries. Ses manies. Les bruits dans sa tête. Elle aimait être son amie. Être son amoureuse. Elle resterait avec lui toute sa vie. Et même si elle n'avait que quinze ans, elle savait déjà que l'amour n'était pas une question d'âge. Mais de cœur. De sang. De peur. Et son sang fouettait plus vite avec lui. Et elle avait peur sans lui. Le garçon vivait dans un monde où elle voulait vivre. C'était aussi simple que cela. Personne ne pourrait lui dicter ses choix. Quand les adultes se mêlaient des affaires des enfants, ils en faisaient des enfants qui grandissaient trop vite. Avaient alors les mêmes mots. Les mêmes méchancetés. Comme ces FDP qui les avaient attaqués à la sortie de l'école. Au matin, ils s'étaient réveillés presque en même temps. Le garçon lui avait souri et elle avait alors su qu'elle était entrée dans sa vie. Sur la table de la grande pièce, ils avaient découvert une bouteille de lait, deux baguettes, un pot de confiture de rhubarbe – la fille avait confié à Hagop qu'elle aimait ce côté à la fois acide et acidulé et que non, elle n'était pas vraiment certaine d'aimer la rhubarbe, mais ce qu'elle aimait, et là elle en était sûre à 100 %, 200 % même, c'était ce doute-là, cette hésitation entre j'aime et je n'aime pas et Hagop avait éclaté de rire en disant tu es *ankhelk aghtchig's*, ma fille, tu es folle. Après le petit déjeuner, lait, cassonade, chocolat, ils avaient sorti deux chaises sur la terrasse. Elle était orientée vers l'ouest pour profiter des crépuscules. À cette heure matinale, à cause de l'ombre des arbres, il y faisait encore frais. Humide. Des écureuils – des Sciurus roux ou gris, avait précisé le petit savant – y avaient abandonné des cônes d'épicéas décortiqués et laissé des dizaines d'empreintes. Tu vois, on dirait des petites mains, avait expliqué le garçon. Regarde. Quatre doigts pour les pattes antérieures parce que le pouce est atrophié, un coussinet de trois lobes et cinq doigts pour les pattes postérieures, dont les trois médians sont de longueur identique. La forme des quatre coussinets interdigitaux ressemble à celle d'une goutte d'eau et la disposition des pas dessine des ailes de papillon ou deux points d'exclamation. Je préfère les ailes de papillon, avait susurré la fille en souriant, c'est bien plus joli. Tu veux dire que c'est moins mathématique que les points d'exclamation ? Exactement. Et ils s'étaient regardés dans les yeux, quelques secondes, parce que, être sur la même longueur d'onde que l'autre est toujours bouleversant. Certains docteurs appelaient cela « le miracle de l'ocytocine ». L'hormone de l'attachement. Ainsi la production d'ocytocine calmait la partie émotionnelle du cerveau et permettait à l'enfant sans *Gemüt* de dominer sa peur. Il pouvait alors regarder l'autre dans les yeux. Tout lui devenait possible. Un monde nouveau s'ouvrait pour lui. Celui de l'amour par exemple. Plus tard, ils s'étaient installés dehors. Enivrantes odeurs soudain, de mousse des pierres, de feuilles séchées, de pignes de pin, d'écorces, d'ambre. Des essences de cèdres, des sucs de lichen et de fleurs, des arômes boisés, des douceurs brûlées. Des baumes gras. Des exhalaisons complexes. Et des grognements de bêtes au loin. Glatissements. Râles. Des mirages. Des fulgurances. Toute une vie sauvage. Ici, les deux enfants savouraient le visible. Percevaient l'invisible. Toutes les beautés. L'horreur viendrait. Les hommes viendraient. Plus tard. Avec leurs feux, leurs foudres, leurs machettes et leurs colères. À l'heure du déjeuner, Hagop les avait invités à la ferme. Au menu, dégradé de légumes et de fruits. Avec toi, on mange des couleurs, avait dit Djamila. Hagop les avait conseillés pour leur potager. Essayez de mettre les cendres du poêle tout autour, pour le protéger des limaces et des escargots. Le garçon avait dit qu'on pouvait aussi utiliser du pyrèthre en poudre. Pour sûr. Mais ça, mon garçon, j'en ai pas. Plus tard Hagop avait déclaré qu'il allait reposer la bête et s'était retiré dans sa chambre pour la sieste. Geoffroy

avait demandé de quelle bête il parlait et Djamila avait
cru qu'il plaisantait. Puis les enfants étaient retournés
dans la forêt. Le soleil réchauffait la terre. Illuminait les
houppiers. Faisait danser les troncs. Ils ont marché vers
les sources. Lorsque Djamila a vu les peupliers blancs
et surtout à leur pied le tapis de feuilles en forme de
cœur, elle a eu envie de s'y allonger. Le garçon s'est
couché auprès d'elle. Il n'avait plus de crainte. Ils ont
regardé le ciel. Parfois il pointait son doigt. Il disait
busard. Corneille noire. Tarin des aulnes. Mais la fille
n'écoutait plus. Ne regardait plus les oiseaux. Elle s'est
déshabillée doucement, avec des gestes étroits, comme
on nage parfois sous l'eau en économisant son souffle.
Elle a frissonné quand elle a été tout à fait nue. Sa
peau était fraîche. Les pétioles des feuilles lui piquaient
le dos. Une minuscule douleur. Agréable. Elle a dit
je vais prendre ta main, Geoffroy, je vais la poser sur
moi, je vais la poser sur ma peau nue, je veux que tu
me caresses, je veux que tu découvres mon corps, que
tu le sentes, que tu le griffes, aucun autre garçon ne m'a
jamais touchée, je veux que ce soit toi le premier, toi le
dernier, je crois que tu as peur mais je veux te dire que
je suis encore plus effrayée que toi, je veux que tu me
regardes et que tu aimes tout ce que tu vois, tout ce qui
est à toi, puis elle s'est tue et il lui a semblé que mille
tambours résonnaient dans la forêt, mille fois son cœur,
puis elle a lâché la main de son amoureux, laquelle
s'est posée sur son ventre avec l'impondérable douceur
d'une plume, y est restée longtemps immobile avant

de s'animer enfin et d'accomplir tout ce dont la jeune fille avait rêvé. Tout ce qu'elle avait ensuite demandé. Beaucoup plus tard, alors que le garçon était nu à son tour, ils avaient entendu comme un bruit de pas derrière eux. Mais ils n'avaient pas eu peur. Aucune bête ne pouvait dévorer deux enfants qui venaient de s'épouser.

Noir

Le dimanche soir, Djamila avait téléphoné chez elle. Bakki avait décroché. Passe-moi papa. Il est occupé. J'attends. Tu rentres quand ? Justement. Justement quoi ? Passe-moi papa. Je t'ai dit qu'il était occupé. Alors, justement quoi ? Mon amie Jeanne me demande si je peux rester pour les vacances. Et j'aimerais bien. Non. Je te passe sa mère si tu veux. Je m'en balec de sa mère. C'est non. Mais lâche, Bakki, c'est ma vie, je fais ce que je veux ! Tu fais ce qu'on te dit de faire, c'est tout. PASSE-MOI PAPA ! Il y avait eu du bruit. Raclements de chaises. Claquement de porte. La voix d'Ahmed. Une discussion rugueuse entre le père et le fils. Puis la voix sucrée de l'homme aux mains de feu. *Allah akbar* et toi aussi sois grand, mon fils. Fais plaisir à ta sœur. Elle travaille bien à l'école. Elle est obéissante. Elle ne part jamais en vacances. Et ma Lahna ta mère de beauté n'a pas été là pour elle, c'est bien qu'elle ait une amie. Une *kafir*, père, une *ghadar* ! Quelques jours, mon fils, mon précieux. Après elle sera avec toi. Elle fera

235

son premier ramadan. À ce mot, Djamila s'était mise à trembler. Trois jours, avait exigé Bakki, trois jours et elle rentre. *Thlatht ayam.* D'accord. Et quand son frère avait repris le combiné, Djamila avait dit j'ai entendu. T'es pas un frère, Bakki, t'es un salaud. Et elle avait raccroché.

Hellébore

Dans *Les contes de ma mère l'Oye,* Charles Perrault narre la façon dont un maître d'hôtel préserve les deux enfants de la Belle au Bois dormant, Aurore et Jour, de la cruauté cannibale de la Reine-Mère – qui n'est autre que leur grand-mère. À cette fin, il leur substitue la chair d'un agneau et celle d'un chevreau, tous deux préparés à la sauce Robert dont est friande la drôlesse, mais surtout, il confie les chérubins à sa femme, laquelle les cache dans un logement qu'ils possèdent au fond de la basse-cour. Ainsi éclipsés aux yeux du monde, les deux bambins échappent aux dents pointues de la rombière de race Ogresse et vivent heureux longtemps. En ce lundi matin ensoleillé, tandis qu'il se dirigeait vers la cabane avec du lait frais et du pain chaud, il semblait à Hagop Haytayan qu'il était lui aussi en train de sauver la fille et le garçon. Ce même lundi, vers midi, Pierre s'était décidé à appeler Louise. Avant l'heure de l'apéro. Car l'alcool pouvait parfois vous jouer de mauvais tours. Comme par exemple changer à votre insu les mots que

vous vous apprêtiez à dire. Il a eu de la chance. Louise
était en pause déjeuner. Et oui, elle avait cinq minutes
à lui accorder. Alors, il a déroulé son histoire. Alice
Suarez. La rapine. Le contrôle au PC Sécurité. Et puis le
vernis à ongles. La révélation. L'envie soudain de basculer du côté du bien. Car le bien était une arme, il l'avait
découvert. Une arme redoutable. Désarmante, même.
Seuls les Robin des Bois étaient aujourd'hui capables
de renverser un gouvernement. On ne tirait pas sur un
héros. Sur un type qui donnait aux affamés du jambon
volé. Et si on prenait le risque, la balle vous revenait
illico entre les yeux, vous explosait la gueule et c'en était
fini de vous. La preuve. Les zadistes ont fini par gagner.
Quoi qu'on en dise. Il n'y aura pas de nouvel aéro-
port. À la place, des ateliers de poterie. Une bergerie.
Une conserverie. La culture du sarrasin pour fabriquer
des galettes et des pâtes. Mais surtout, des gars heureux
de vivre. Des types qui partageaient ce qu'ils avaient.
Les utopies sont le sang de nos rêves. Alors irriguons.
Irriguons assidûment. Tu vois, Louise, je n'ai plus de
colère. J'ai de l'espoir. Pierre s'est tu un instant. Puis il a
poursuivi, je veux te dire que j'aimerais rentrer maintenant. Nous retrouver. Je vais apprendre, pour Geoffroy.
Il a perçu l'inspiration profonde de Louise et alors il a
su. Immédiatement. Ce n'est plus possible, Pierre. J'ai
rencontré quelqu'un. Ça a fait très mal. Un trente-huit
tonnes en pleine poire. Il a encaissé. Quand il est revenu
à lui, il a demandé qui. Tu ne connais pas. Quelqu'un
que j'ai croisé à l'hôpital. Le coup de foudre. Fulgurant.

238

Indiscutable. 40 ans. Photographe. Divorcé. Pas d'enfant. Voilà. Et tu es sûre de toi, Louise ? Et je suis sûre de moi, Pierre, autant que je l'ai été au début avec toi. Quand ta colère nous faisait chanter et danser et vivre. Avant qu'elle ne nous tue. Mais. Elle ne l'a pas laissé l'interrompre. Et je vais vivre avec lui, il va s'installer à la maison. Je vais emballer tes affaires, tu passeras les prendre quand tu veux. Il n'y a pas d'urgence. Pierre pleurait. Il l'avait perdue. Il était soudain déserté. Et Geoffroy ? Louise a poussé un soupir. Geoffroy ? Eh bien il fera comme tous les petits garçons et les petites filles à qui cela arrive. Il survivra. Il survivra à la rupture de ses parents. Il grandira un peu de traviole pendant un certain temps et puis il finira par se redresser. Comme une fleur après un gros orage et je ferai tout, tu m'entends, tout pour qu'il soit la plus belle fleur de ce grand champ qu'est l'enfance. Un hellébore, tiens, parce que c'est vert et que c'est sa couleur préférée. Le vert, Pierre, pas le jaune. Il y a eu alors un long silence entre ces deux-là, une soie qui n'en finissait pas de se déchirer. Les sanglots noyaient la gorge de Pierre. L'étouffaient. Il dérivait. Il a jeté le téléphone sur le lit de sa chambre d'hôtel de merde et il a laissé ses larmes hurler, son corps chuter jusqu'au noir.

Châtaigne

Le type a un grand sourire. Faux cul, ouais. Le voilà. La chambre d'instruction de la cour d'appel de Bastia vient de confirmer ce mercredi son aménagement de peine sous forme de bracelet électronique. Ça le rend fou, ça, Tony. T'imagines ? Le mec, il est ministre du Budget, compte planqué en Suisse, fraude fiscale, blanchiment, un empaffé majuscule et résultat, un bracelet à la cheville, la Légion d'honneur des salauds. Pas de zonzon. Rien. La dolce vita dans sa maison en Corse-du-Sud. Figatellu, brocciu, coppa, gâteaux à la châtaigne. Et nous on se prend des grenades dans la tronche parce qu'on refuse de payer six centimes et demi de taxe en plus sur le diesel. Quelle arnaque, tout ça soi-disant pour financer l'écologie, foutaises ! a poursuivi le descendant de Garibaldi. Racket. Ras-le-bol. Ouais, en taule ! a mollement réclamé Jean-Mi juste avant de tirer une énorme taffe. Chez Lolo, ça picole et tempête toujours devant l'écran de télévision. Les nouvelles ne sont jamais bonnes pour les Jeannot, les Julie, les Tony, pour ceux qui se serrent la ceinture vers le vingt de chaque mois, qui allongent la purée avec de l'eau et doivent chouraver le jambon depuis qu'il a augmenté de 20 % à cause de la crise porcine en Chine, y paraît qu'y flinguent dix-neuf porcs à la seconde là-bas, ouais, ben ils n'ont qu'à bouffer leurs clébards, j'ai la recette de la fondue au chien, ah, ah, elle doit être bonne ta beuh, Lucien, je fume pas, Jean-Mi, et c'est pas des conneries, je t'informe même qu'ils ont un festival de la viande de chien, chaque année, à Yulin, dans le Ghuangxi, je sais pas où c'est, j'ai vu les photos des chiens cramés, c'est dégueu, eh ben tu devrais aller faire le guignol à la télé, aux « 12 Coups de Midi », a moqué Julie et les rires ont emporté les fureurs parce qu'il ne leur restait que ça à chacun. Cette ultime étincelle. Mais quand l'envie de rire aura disparu, alors les samouraïs seront bien incapables de contenir le raz de marée. Vous voilà prévenus, les gars. Aucune balle ne peut arrêter des millions de types qui se lèvent et se mettent à marcher. Qui n'ont plus peur. Jeannot est allé rejoindre Pierre, assis à l'écart, loin du comptoir, des bières qui valsaient. Il avait les yeux rouges. Manque de sommeil. Larmes. Alcool. Jeannot a alors posé sa main sur l'épaule de son ami, une phrase d'homme, silencieuse, mais Pierre l'a violemment écartée. Puis s'est levé. Est sorti. Elle est infinie, la chute d'un homme. Le soir, Djamila n'est pas rentrée chez elle, à la cité. Trois jours, avait dit Bakki. Elle avait éteint son portable. Dans la cabane, quand elle s'est couchée à côté de lui, elle a demandé à Geoffroy s'il pouvait la prendre dans ses bras. La serrer contre lui. Parce qu'elle avait un peu froid. Parce qu'elle l'aimait. Parce qu'elle avait peur, surtout – mais cela, elle ne le lui a pas dit.

Bleu des mers du Sud

Pierre avait bu des bières comme on achète des billets pour des bateaux qui font la Cochinchine, la mer de Java, Surabaya, il avait tangué sur le pont arrière, il avait rêvé de plongeon mais Jeannot s'était approché, l'avait empêché et il était vivement sorti de chez Lolo, l'ivresse triste, les doigts tremblants. Un corniaud errant. Il avait marché jusqu'au petit immeuble où habitait Adeline Renart, près de l'arrêt de bus. Il avait froid. Il avait sonné. À la seconde où il avait donné son prénom, la porte s'était ouverte. Elle avait rougi en le voyant. Eu un geste gracieux pour ramener les deux pans de sa robe de chambre, mais il avait posé sa main sur les siennes. Et sa main était douce. Il avait dit tu es belle. Il avait dit montre-moi. Et Adeline Renart s'était sentie belle. Elle avait fermé les yeux. Elle l'avait laissé entrer. Plus tard, dans le lit, ils avaient fumé des cigarettes, écouté Céline Dion, tu n'as pas autre chose, avait-il demandé, mais je l'adore, je l'adore trop, et plus tard encore, quand son cœur avait enfin retrouvé un rythme normal, elle avait osé demander, la bouche sèche, pleine de crainte, folle d'espoir, et ta femme ? Alors il s'était mis à parler de Louise. De leur rencontre. Une aimantation. Une fusion, avait-il dit. Il avait des mots de feu. Des mots d'amour. Ils emplissaient la chambre. Se cognaient au plafond. Retombaient en étoiles. Il n'avait pas vu perler les larmes d'Adeline. Et à cause de notre fils, avait-il poursuivi, j'ai tout détruit. Je ne le comprenais pas, ce gamin. Un fils qui ne te regarde pas. Qui ne te demande jamais rien. Qui à cinq ans sait des choses que tu ne soupçonnes même pas. Au petit déjeuner, il calcule des puissances de 5. Jusqu'à 5^{35}. Et je ne sais même pas à quoi ça sert. Personne ne sait ça. Au fond, je crois qu'il m'effrayait. Ça m'a mis en colère. Une colère longue. Avec des déviations dans la violence. Dans l'injuste. Des chutes dans l'excès. C'est fini tout ça. J'ai mis le temps, mais j'ai compris. Ce môme, il ne faut pas être devant lui pour lui tailler la route, ni pour lui désigner les choses. Faut être derrière. Pour le rattraper au cas où. Pour le protéger. C'est le père que je vais être. Le gars derrière. C'est tout. Je sais désormais que je l'aime. Alors va-t'en, a murmuré Adeline Renart, va-t'en maintenant. C'est pas à moi que tu dois dire tout ça. Ça me blesse. C'est injurieux. Ils sont pour eux, ces mots-là. Alors vas-y. Va la rejoindre. Ta famille. Quatre minutes plus tard, alors qu'il marchait dans la nuit vers sa chambre d'hôtel pourrie, Pierre souriait. Son sourire d'homme heureux.

Noir corbeau

Jeudi matin, Bakki est devenu fou.

Noir d'encre

Fou de rage. Djamila n'était pas rentrée comme il l'avait exigé. Comme Ahmed son père aux mains de feu l'avait exigé. La gamine avait pris des airs de liberté. Elle avait menti. Elle avait désobéi. La désobéissance à ses frères était une injure à Allah. Une insulte à tout un peuple. *Ghadab ! Ghadab !* Le cri de Bakki, comme des coups de tambour dans sa poitrine. Des menaces qui grondent. Il a appelé *la aimra'at gaouria.* La Française Lemaître. Pute. Un faux numéro. Il est tombé sur un chenil et il a insulté le pauvre type au bout du fil. Je vais la tuer, s'est-il juré à propos de sa sœur. Lui arracher les yeux. Menteuse, *kadhaaba.* Fini l'école. Les rigolades. Les musiques débiles dans ton téléphone. Tu vas voir. Dans sa chambre, il a renversé tous les tiroirs. Balancé le parfum, les produits de maquillage à la poubelle. Dès que je t'attrape, je t'enferme. Tu ne sortiras que le jour de ton mariage, *inch'Allah.* Si Dieu veut, ma fille, si Dieu veut. Ahmed n'avait pas le numéro de téléphone de la mère du petit décérébré qu'elle fréquentait. On ne s'est vus qu'une fois, fils, mon doux, cette femme et moi, à l'hôpital, lorsque ta sœur et ce petit ont été attaqués. Un fauve encagé, Bakki. Calme-toi, mon garçon. Éteins ta colère. La colère est quelque chose qui prend possession de toi, ce n'est pas bon. Mais le fils, le doux, n'écoutait déjà plus. Il est sorti de l'appartement en claquant la porte. Dehors, il a entraîné son frère Lizul par le bras et ils ont cherché, dans la cité, à savoir qui allait à l'école de la *maleun*. La maudite. Djamila.

Jaune orangé

Il a fait très beau le vendredi. Près de la cabane, comme chaque matin dans les premiers rayons du soleil, la floraison vernale s'en donne à cœur joie. Voici les anémones sylvies, les sceaux de Salomon, les oxalis qui tapissent le sol d'une écume blanche et, dans les zones ombragées et humides, l'ail des ours qui s'étire, libère ses parfums délicats. Un petit côté forêt de Bambi, avant les chasseurs, avant la fuite, « Plus vite Bambi, cours vers la forêt », avant les deux coups de feu, la mère qui s'effondre, la neige qui se met à tomber, « Maman, où es-tu ? », à tomber de plus en plus fort, comme si elle cherchait à recouvrir le sang qui s'échappe de l'enfance. Toutes les enfances qu'on assassine. Geoffroy était assis à la grande table. Il lisait tout en buvant son chocolat chaud quand on a frappé à la porte. Il a sursauté. Il vomit les surprises. Elles sont terrifiantes. Les coups ont paru plus forts la seconde fois. Puis la porte s'est ouverte et une épaisse silhouette recouverte d'une sorte de tunique est apparue dans le contre-jour. Le corps du garçon s'est mis aussitôt à se balancer. Sa gorge à pousser des petits grognements. Bakki a demandé où était Djamila. Geoffroy l'a regardé. Interdit. Ses mains ont commencé à frapper les bruits dans sa tête. Où est-elle ? L'homme a regardé dans la pièce principale, puis il s'est avancé jusqu'à la porte de la petite chambre, l'a poussée, et Geoffroy en a profité pour s'enfuir hors de la cabane, s'enfuir au cœur de la forêt, « Cours Bambi, cours », et Bakki s'est précipité à sa suite, en sortant de la chambre sa cuisse a heurté la table de chevet sur laquelle était encore allumée la lampe à huile, elle a vacillé, en tombant le verre s'est cassé, la flamme a léché le sol, s'est d'abord nourrie de la frange de la couverture, a grandi, tandis que dehors, Lizul venait d'immobiliser le garçon qui se débattait comme un fou, une guêpe sous une cloche de verre, ses bras comme des machettes fendaient l'air, cherchaient à atteindre le corps du bourreau mais les mains de Lizul possédaient la puissance des tenailles. Bakki s'est avancé. Menaçant. Immense. MAIS QU'EST-CE QUE VOUS FOUTEZ LÀ, BORDEL ? LÂCHE-LE, LIZUL ! Ils se sont vivement retournés. Djamila s'approchait. Elle tenait une pelle à la main. Bakki a ri. Tu vas me fendre la tête, c'est ça ? Alors que tu nous as déjà fendu le cœur. Regarde-toi. Tu es attifée comme une *aimra'at sayiyat alhaya*. Une honte. Tu es une honte. Djamila s'est avancée, menaçante à son tour, l'acier de la pelle à la hauteur du visage de Lizul, lâche-le, je te dis, laisse-le tranquille, et son frère a libéré le garçon qui est venu se réfugier auprès de son amie. Se

cacher derrière elle. Il grognait. Il bavait. Une bête bles-
sée. Il était terrifié. Soudain de la fumée s'est élevée du
côté nord de la cabane. Le feu – dans la chambre. Bakki
a profité de l'inattention de sa sœur, s'est précipité, lui
a arraché la pelle des mains. L'a attrapée par les épaules.
Il y a le feu ! Le feu ! Mais lâche-moi, merde, tu vois pas
qu'il y a le feu ! Geoffroy criait. Ses ongles griffaient ses
propres joues. Lizul a gueulé. Faut qu'on se barre, Bak,
tout va cramer ! Vite ! Bakki a tenté d'entraîner sa sœur
avec lui. Elle luttait de toutes ses forces. Bakki a aboyé
sur le garçon. Et toi, barre-toi, gamin. Rentre chez toi !
Rentre chez toi ! Alors le garçon a semblé un instant se
calmer. Il a regardé la cabane qui s'embrasait. Il paraissait fasciné par les flammes jaune orangé qui s'élevaient
dans le ciel, consumaient les branches de quelques
chênes. Puis il s'est levé. Il ne tremblait plus. Rentre
chez toi ! Alors il a marché vers la cabane. Vers chez lui.
Et il est entré dans le feu. Djamila a hurlé le prénom
du garçon. Un hurlement de louve. Ses doigts, comme
des pinces, ont cherché les yeux de son frère. Ses ongles
ont griffé. Commencé à couper. La peau. Les paupières.
Bakki l'a lâchée. Elle s'est dégagée. Mise à courir vers
la cabane, à la suite du garçon, à la suite de sa vie et, à
son tour, elle a disparu dans les flammes. On n'a alors
plus entendu que le crépitement du bois qui craquait.
Le souffle du feu. Les frères Zeroual étaient pétrifiés.
Bakki avait un monocle de sang. Puis le premier, Lizul
s'est animé. Viens, Bak, a-t-il murmuré, barrons-nous.
Barrons-nous. Et le père ? Qu'est-ce qu'on va dire au

250

père ? C'est un accident, Bak, un putain d'accident. Et ils se sont mis à courir vers la lisière de la forêt, alors que des sirènes retentissaient au loin, courir vers le chemin de terre où ils avaient laissé la voiture, à quelques dizaines de mètres de la ferme d'Hagop Haytayan.

Rouge feu

Mais voilà qu'un autre incendie occultait celui de la cabane où avaient disparu les deux enfants. À 18 h 20 ce lundi-là, une première alarme s'était déclenchée, mais elle avait été jugée négative. Une seconde, trente minutes plus tard, alors qu'une épaisse fumée se dégageait du toit avait cette fois été prise au sérieux. Notre-Dame de Paris s'embrasait. La flèche qui culminait à 96 mètres était un flambeau. Il y avait quelque chose de sublime dans ces flammes qui dansaient. Quelque chose d'épouvantablement poignant aussi. Et à 19 h 50, la flèche s'était effondrée. Avait rappelé, en miniature, l'effondrement des Twin Towers. La chute de ce côté-ci du monde. La vanité des choses. Tout finissait en cendre et en poussière. Des gens avaient pleuré. D'autres s'étaient agenouillés sur la place Saint-Michel, le quai de la Tournelle. Avaient entonné des cantiques. Imploré la pluie. On avait regardé brûler ce paquebot de cinq mille mètres carrés construit à main d'homme, pierre après pierre, pendant cent quatre-vingt-deux ans.

Se consumer ce bâtiment dont la majesté et la splendeur devaient égaler, voire dépasser, le Temple de Salomon ou la Jérusalem céleste décrits dans l'Apocalypse de saint Jean. Et maintenant, alors que le feu faisait rage, que luttaient quatre cents pompiers, on prenait conscience que rien ne s'éternisait. L'évanescence des choses, eussent-elles mille ans, nous rappelait que nous non plus ne durerions pas. Que nous finirions en feu. En poussière. En sang. Qu'il ne resterait rien de nous. Au même moment, accoudé au bar chez Lolo, Tony avait demandé un truc fort. Le machin des *Tontons flingueurs*, Lolo. Si tu vois ce que je veux dire. Idem pour Jeannot – il s'était remis à boutancher, mollo. L'abstinence, ça faisait les perspectives mesquines, les horizons gris, tandis que l'alcool faisait éclore les mots, étouffait les dépits. Il gonflait les voiles et Jeannot avait besoin d'air. La même chose pour moi, a bafouillé Jean-Mi. Ça ne crânait plus devant la télé. Devant les images de l'incendie. L'effarement commandait. Le silence s'imposait. Et soudain, un miracle. Voilà que les cendres qui avaient voleté sur l'île de la Cité se transformaient en billets qui tombaient du ciel. On se crevait pour tenir, ici. On se privait pour les mômes. On en était à barboter du jambon dans les magasins. À quémander un peu plus de thune. On répondait qu'il n'y avait plus de fric. Les caisses étaient vides. Il y avait deux mille cinq cents milliards de dettes. Trente-cinq mille cinq cents euros par Français, Tony. Deux ans de smic. Cinq kilos et des... de *weed*, mec. Le pied, *man*, le pied. Bien sûr que tout

ce pognon qui tombait du ciel n'avait rien à voir – on
n'est pas des cons quand même. Mais quand même. Ça
recommençait à gueuler chez Lolo. Un homme vaut
moins qu'une pierre. La famille Arnault donnait deux
cents millions. La famille Bettencourt itou. Famille
Pinault, Total, cent millions chacun. La BNP, vingt
millions. Et Novoferm France, le spécialiste de la porte
coupe-feu, ah, ah, dix mille euros. En quelques heures,
neuf cents millions d'euros étaient promis à la recons-
truction de la cathédrale. Putain, c'est toujours pareil,
pestait Tony. Mais on a besoin de rêver, modérait
Jeannot. On a besoin de maintenir debout ce qui fait
l'histoire des hommes. Sans preuves du passé on ne va
nulle part. On tourne en rond. Et pis, pour une fois
que c'est pas notre pognon ! a crié Julie. Tournée géné-
rale ! a ajouté Lolo, et le brouhaha joyeux a couvert les
sons de la télé – les sirènes, l'affaissement des poutres,
les chants des croyants. Quatre jours plus tard, la lutte
reprenait. Une petite division de fidèles. Seulement
27 900 manifestants de sortie en France. 60 000 policiers. La République durcissait le ton. La rue menaçait,
alors on fermait les rues. À Paris, sur les Champs-
Élysées verrouillés, des centaines de CRS. Des blindés.
Et même un drone. Les commerçants étaient exsangues.
Les Parisiens épuisés. Dès le matin, on avait balancé des
grenades lacrymogènes sur les gars qui débarquaient
gare du Nord. Les gazés crachaient leurs poumons, des
mots s'envolaient de leurs gorges : « Vivre, oui, survivre, non. » Des scooters et des poubelles brûlaient

boulevard Jules-Ferry, rue du Faubourg-du-Temple. Des feux, place de la Bastille. Il pleuvait des grenades boulevard Richard-Lenoir. Grosses bastons place de la République où des milliers de gens avaient été piégés. Des rats dans une cage. ON VAUT MOINS QU'UNE CATHÉDRALE ? s'écriait le peuple de France. Sur l'immense statue dessinée par Léopold Morice, quelqu'un avait peint le mot Révolution, de la même manière qu'on aurait écrit Au Secours. Qu'on aurait écrit Je me noie, aidez-moi. Les coups des policiers avaient redoublé alors les mutins leur avaient balancé des mots à la gueule. Comme des pierres. Comme les sauterelles des plaies d'Égypte. Suicidez-vous ! Suicidez-vous ! La colère était des deux côtés. Elle était féroce. Elle laisserait des bleus indélébiles. Un inguérissable chagrin. Une paix introuvable.

Bleu

Bien sûr que Louise avait tremblé. Qu'elle avait vacillé. S'était plusieurs fois retenue de tomber quand Hagop lui avait tout raconté. Il avait d'abord entendu la voiture sur le chemin de terre où il ne venait jamais personne. Puis il avait vu les deux loustics en sortir, illico deviné de qui il s'agissait. Il avait contourné la clairière en courant. *Hov zoravor esguessetsav*, Louise, le vent s'est levé. Puissant. Et dieu Ays m'a donné des ailes. Et j'ai volé vers eux. Je suis arrivé à la cabane par l'ouest, côté terrasse, au moment même où le plus grand des deux frères entrait dans la maison. J'ai vu la frayeur de ton fils, Louise. J'ai prié Polyeucte de Mélitène. J'ai prié la vierge Gaïane. Ainsi ton fils a été fort. Il s'est sauvé. Puis tout a été si vite. Le feu est parti. Je ne pouvais pas l'éteindre. J'ai appelé les pompiers. Mais ton garçon était déjà revenu. Il avait traversé les flammes qui mangeaient la façade alors le vent dans mon dos m'a jeté vers lui, je l'ai sorti par la terrasse. Une flamme avait léché sa main. Il ne se plaignait pas. Et puis la fille est entrée à son tour. Dans le feu. Et le vent, pareillement, m'a poussé vers elle et je l'ai sortie de là, par l'arrière. Ils étaient si beaux, Louise, quand ils se sont retrouvés. Ils étaient le feu. Ils étaient le soleil. Tu vois, petite Louise, ma mère ne se trompait pas. Elle parlait de joie tragique de l'enfance. Elle disait fils, tu dois rester « en perpétuel changement, éclater les écorces qui t'empêcheront, faire peau neuve à chaque printemps, deviens sans cesse plus jeune, plus futur, plus élevé, plus fort ». Et puis j'ai crié. *Vazetsek ! arak vazetsek !* Courez, les enfants, courez ! Et on s'est mis à cavaler vers la ferme. On volait, Louise, on volait, en pleurant, en riant, tandis que les mugissements des sirènes se rapprochaient à grande vitesse. J'ai soigné la brûlure de ton fils tout à l'heure. Et apaisé la douleur de Djamila à cause de sa vilaine cloque sur la jambe. Ils dorment maintenant. Je les veille. Ne t'en fais pas. Profite d'Aurélien. C'est léger à porter une lumière. Sois heureuse avec lui. *Yerjanik yeghir anor hed*, Louise. Bien longtemps après avoir raccroché avec Hagop, Louise souriait encore.

Moutarde

Après le coup de fil de Hagop, Louise avait aussitôt appelé Pierre pour le prévenir. Il s'était exclamé j'arrive. Elle n'avait pas eu le temps de protester qu'il avait déjà raccroché. Il s'était habillé en quelques secondes. Sorti du Formule 1 en trombe. La frontière d'une ancienne zone industrielle, ici. Pas de taxi, bien sûr. Ni de bus. Il s'était mis à courir. Courir. Il était calme. Déterminé. Foulée régulière. Solide. Épaules déroulées. Il a rejoint le village. L'a traversé sans s'arrêter. Jusqu'à la rue du Cateau où il a enfin ralenti, puis marché jusqu'à retrouver son souffle, jusqu'à la maison aux géraniums. Louise a ouvert. Elle avait pleuré mais elle était lumineuse. Exactement la blonde impétueuse du 21 avril 2002. Ils ont commencé une phrase en même temps. Ils ont souri. Bu un café. Alors elle a raconté la cabane. Le feu. Le sauvetage d'Hagop. Les enfants à l'abri. Soustraits au monde. Sauvés. Alors il a répété tout ce qu'il avait dit chez Adeline Renart et ses mots se sont de nouveau envolés, cognés au plafond, transformés en étoiles. Alors il a dit je vais laisser Geoffroy devant maintenant et je vais rester derrière. Au cas où. Il est une chance pour le monde, ce môme. Alors Louise a posé la main sur celle de son mari. Elle a dit je suis contente que tu sois revenu parmi nous. Pierre a regardé autour de lui. Sa voix a tremblé. Il n'est pas là ? Elle a répondu si. Il est assis là, dans ce fauteuil. Pierre a considéré le fauteuil en velours moutarde à côté de lui. Il était vide. Elle a répété il est là. Puis elle a murmuré, il est mort.

Couleur d'orange

Cinq pages sur l'incendie de Notre-Dame dans *La Voix du Nord*. Des photos du feu, des photos des larmes. Six lignes en rubrique « Faits Divers » sur la disparition de deux enfants dans l'incendie probablement accidentel d'une cabane de forêt. Les incendies aussi, semble-t-il, ont leur hit-parade. Les enquêteurs n'avaient pas retrouvé trace des corps des enfants dans la boue de cendres de l'incendie. Hagop Haytayan avait été interrogé. Il n'avait rien vu. On supposait qu'ils s'étaient sauvés dans l'immense forêt pour fuir le feu. On avait fait une battue. Amené des chiens. Une brigade canine de Belgique était même venue prêter main-forte. En vain. On avait évoqué des blessures. Des odeurs de sang. Des brûlures. Supposé des évanouissements. Et des bêtes. Sangliers. Renards. Genettes. Des affamées. On avait alors imaginé des supplices. Les corps traînés sur des kilomètres. Démembrés. Sans sépultures. Les charognards de la forêt. Leurs gueules spumescentes. On avait prévenu Ahmed Zeroual. Il n'avait prononcé aucun mot. Il s'était juste assis sur sa chaise de Formica dans la cuisine. Ratatiné sur lui-même à la manière d'un accordéon. Un être minuscule soudain. Le néon blanc avait révélé son visage d'argile créé par Dieu. Les anfractuosités de la douleur. Il ne parlerait plus désormais. Il attendrait de rejoindre Lahna sa gracieuse. Lahna dont le nom signifie Paix. Rejoindre Djamila. Celle qui était belle. Qui était libre. Et qui était le vent. Rejoindre ces femmes qui sont le cœur du monde. Je la vois, moi, Djamila – moi qui ai été le témoin de toute cette histoire et qui vous la rapporte. Je la regarde à travers la fenêtre de la cuisine de la ferme d'Hagop, là où la cheminée fabriquée par Katchayr son père est capable d'accueillir et de rôtir des bêtes entières. Elle est assise à côté du garçon, face à l'enfant de soixante-dix ans. D'un vieil électrophone montent des chants de toute beauté. *Yes Siretzi. Gueroung'ner.* C'est l'âme de mon pays qui chante, a dit Hagop. Ce sont les pierres et les volcans qui dansent. Les rivières et les pleurs qui coulent. Il y a des grandes feuilles blanches posées devant eux. Des crayons. Des règles. Ils font des plans. Geoffroy calcule à voix haute. Au millième près. Ils vont construire une nouvelle cabane. Avec un W.-C., exige Djamila, la pelle, ça va deux minutes. Et ils rient. Ils redessinent un potager car celui-ci a été abîmé par le feu, noyé par l'eau des pompiers. Un potager plus grand. Plus généreux encore. Une serre, également. Il faut pouvoir nourrir au moins cent personnes, disent-ils. Il faut construire aussi d'autres cabanes. Car d'autres arriveront. Car ma mère viendra, car mon père peut-être reviendra. Car le temps est venu de ne plus dépendre des autres. Ceux qui décident à notre place ne nous connaissent pas. Ils n'ont jamais mis les mains dans la terre. Jamais étreint un homme perdu. Jamais été des enfants. Nous souffrons car la terre souffre. Nous avons faim car la terre ne nourrit plus. Le livre de Dana Philp, *Une biche égarée en ville*, a brûlé dans l'incendie de la cabane, mais Geoffroy le connaît par cœur. Il le raconte. Son ardeur est un feu. Donc, dit-il. D'un côté on émet du carbone dans l'atmosphère qui détruit la Terre, les glaciers fondent, le méthane du permafrost va se libérer, les températures montent anormalement, la vie se fragilise et personne ne semble comprendre qu'on pourrait bientôt disparaître, petits mammifères que nous sommes. Et je ne parle pas des dinosaures, tout le monde est au courant, mais du tarpan par exemple, qui a disparu en 1909, du grizzly de Californie en 1922 ou encore du lion de l'Atlas, dans les années 60. Les hommes aussi disparaissent. Il ne reste que soixante-deux Indiens Ofaié au Brésil. Alors, de l'autre côté, on doit impérieusement enlever du carbone. En stocker dans la terre. Retrouver l'équilibre. C'est logique. Imparable, précise le garçon. On doit rendre à la terre ce qu'elle nous donne. Il faut respecter nos mères, respecter la Pachamama, la mère des mères. Dans le livre, il est dit qu'une ferme urbaine, par exemple, retient le CO_2 de sept voitures. Vous imaginez notre potager ? Djamila l'observe. À nouveau ces braises sur les joues. Qu'un séquoia est l'arbre qui absorbe le plus de CO_2 au monde. Et que la culture biologique stocke huit fois plus de carbone dans la terre que l'agriculture classique. Il faut plus de forêts. Le garçon sourit. Djamila le trouve encore plus beau. C'est simple, poursuit-il. Il n'y a pas une seule solution. Il y en a dix mille. Eh bien on va commencer par la première, déclare soudain Hagop d'une voix chaude. Alors les enfants se regardent. Ils sont lumineux. Leurs yeux brillent. Son cœur bat très vite. Elle n'ose pas lui dire que ses seins ont durci, qu'ils sont un peu plus douloureux lorsqu'il les touche ni qu'elle a eu une nouvelle nausée ce matin. Je recule doucement. Je m'éloigne. Les remercie dans un chuchotement. Je m'efface. Disparais dans l'ombre des arbres. Et laisse ces trois enfants tracer les lisières du monde qui vient.

NOTES

Le titre de ce roman est extrait du poème « Un jour un jour », Louis Aragon, « *Le Fou d'Elsa* », Gallimard, 1963.

Page 43, à propos de la couleur orange : *Du Spirituel dans l'art et dans la peinture en particulier*, Vladimir Kandinsky, Folio, 1988.

Page 52, la réplique de film est extraite d'*Ensemble, c'est tout*, réalisé par Claude Berri, 2007.

Page 63, paroles extraites d'*Imagine*, John Lennon, Apple Records, 1971.

Page 66, extrait de *Mythologies*, de Roland Barthes, Le Seuil, 1957.

Page 81, paroles extraites d'*Allô Maman Bobo*, Alain Souchon, RCA, 1978.

Pages 119-121, références extraites d'*Atlas des cités perdues*, d'Aude de Tocqueville, Arthaud, 2014.

Page 132. Citation extraite de *Lettre à un jeune poète*, de Rainer Maria Rilke, *Œuvres 1, Prose*, Le Seuil, 1972.

Page 135, vers extrait du poème *Le clocher qui ne se tait pas*, de Parouyr Sévak, traduction de Louise Kiffer.

Page 138, les notions de *Gemüt* et de *Gemütlichkeit* s'inspirent des définitions publiées sur le blog « On comprend Rhin ».

Pages 146-147, la découverte de « l'odeur de l'herbe coupée » est à porter au crédit de la Texas A&M AgriLife Research, en 2014.

Page 156, *I Like It*, paroles de Cardi B, Bad Bunny et J Balvin, Atlantic Records, 2018.

Page 186, *Sable Mouvant : Fragments de ma vie*, de Henning Mankell, Le Seuil, 2015.

Page 257, les propos qu'Hagop prête à sa mère sont inspirés du *Gai Savoir*, de Friedrich Nietzsche.

MERCI

Juliette Joste.
Olivier Nora.
Jean-Marc Levent.
Myriam Salama.
Séverine Leduc, psychologue clinicienne, spécialisée dans les troubles du spectre autistique et du TDAH. Miriam Sarbac, fondatrice d'Asperger Amitié. Et Vincent Larnicol.

Docteur Philippe Thomazeau, Renée Picquet et Charles Goethals, du service de soins palliatifs – Polyclinique Vauban, à Valenciennes.

Houcine Boumaiza, qui m'a instruit de certaines traditions musulmanes. Mehdi Aïssaoui, qui a été le souffleur des mots arabes de la famille Zeroual, Michel Chirinian, celui des mots arméniens d'Hagop Haytayan, et merci au véritable Hagop Haytayan qui, depuis quelques années, s'amuse à se glisser dans chacun de mes livres.

Grâce et Maximilien, vous aussi vous écrivez le monde qui vient. Il sera beau.

Merci enfin à Dana – tu es à ce jour mes sept mille quatre cents jours couleur d'orange.

Cet ouvrage a été achevé d'imprimer sur Roto-Page
par l'Imprimerie Floch à Mayenne
pour le compte des Éditions Grasset
en juin 2020.

Mise en pages
PCA 44400 Rezé

Grasset s'engage pour
l'environnement en réduisant
l'empreinte carbone de ses livres.
Celle de cet exemplaire est de :
550 g éq. CO$_2$
Rendez-vous sur
www.grasset-durable.fr

N° d'édition : 21507 – N° d'impression : 96127
Dépôt légal : août 2020
Imprimé en France